Reliure

三つの物語

スタール夫人
石井啓子＝訳

幻戯書房

目次

一七九五年の序文――007

三つの物語

ミルザ、あるいは、ある旅行者の手紙――009

アデライードとテオドール――041

ポーリーヌの物語――093

註――160

スタール夫人[1766–1817]年譜――162

訳者解題――178

ロゴ・イラスト――丸山有美
装丁――小沼宏之[Gibbon]

一七九五年の序文

『フィクション試論』が書かれたのは、わたくしがここに刊行する『三つの物語』のあとであることはご理解いただけるものと思います。この三篇は、いずれも小説の名には値しないものです。なにしろ、シチュエーションが示されているだけで、展開されてはいませんので。唯一ともいえるその長所は、心の動きをいくつか描き出している点です。執筆時に、わたくしはまだ二十歳になっておりませんでしたし、フランス革命の気配もありませんでした。その後、わたくしの知性がじゅうぶんな力を得て、さらに有益な作品に打ち込めるようになっていると信じたいと思います。不幸はあらゆる精神の力の成長を促すと言われています。けれども、わたくしは、不幸というのはむしろそれとは逆の結果を生むのではないか、つまり、不幸は、自分自身や他の人たちにたいする関心を奪い、人を衰弱させるのではないか、そう思うこともあります。わたくしたちを取り巻いている状況の深刻さは、世の人々が考えていることのむなしさと個人が感じていることの無力さを強く実感させるものでした。それゆえ、わたくしたちは、人生で道を見失い、もはやわからなくなってしまっているのです。希望が辿《たど》るべきは、いかなる道なのでしょう？　人を努力に駆り立てるべきは、いかなる動機でなのでしょう？　今後、党派心の犯す様々なあやまちを越えて、世論を導き、すべての職業においての真の栄光の輝かしい目標をふたたび示してくれるのは、いかなる原理なのでしょう？

三つの物語

ミルザ、あるいは、ある旅行者の手紙

このたびの旅の逸話をひとつお伝えしておきたいと思います[001]。奥様にはじゅうぶん興味をもっていただけるのではないでしょうか。ひと月前にゴア島[002]で耳にしたのですが、なんでも、総督閣下[003]の肝いりで、ある黒人一家がゴア島から数里離れた地に定住し、サン＝ドマング[004]にあるのと同じような住居を構えることになったとのこと。それを範として、アフリカ人たちに砂糖栽培を奨励することができるだろうし、さらに、砂糖の自由な取引を現地に集約することで、ヨーロッパ人たちがアフリカ人たちを本国に連れ出し、奴隷というおぞましい軛《くびき》を背負わすこともなくなるだろう――そのような期待を込めてのことだと拝察する次第です。これまで、どれほど雄弁な作家が筆を振るおうとも、人間の徳にそのような革命を起こすことはできませんでしたが、識見豊かな行政官は、個人的な利害感情を完全に抑えこむことは難しいとしても、人間性に完全に背くような行為にはもはやなんの利もなく、利害感情そのものを人間性に資するものたらしめたい、そう思われたのでしょう。

とはいえ、自分ひとりの未来に展望をもつことすらできない黒人たちにとって、将来の世代に思いを致すなどということは、ましてやかなわぬこと。次世代の人たちに免《まぬが》れさせてやれるかもしれない運命との軽重を秤ることもせず、目の前の不幸から目を逸《そ》らせているのが現状です。というわけで、総督の計画に応じたのは、総督の寛大なはからいで奴隷の身を解かれた、あるアフリカ人ひとりだけだったのです。彼がその国の王子という地位にあったため、下の身分の黒人たちのうち数人が彼に倣《なら》い、その命を受けて、彼の住居で耕作を進めているとのこと。私はそこに案内してもらいたいと申し出ました。

半日ばかり歩き、日が暮れたころに、とある家のそばに着きました。フランス人の助言を受けて建てられたものだそうですが、どこか粗野な趣を残した家です。近づいてみると、黒人たちが一日の疲れを癒す憩いのひと時を過ごしていました。楽しそうに弓を引いているのですが、それが彼らの唯一の営みだったころを懐かしんでいたのでしょう。キシメオ（というのが、この住居の長の名前なのですが）の妻、ウーリカが、遊びに興じる一団から少し離れたところに腰をおろし、足元で二歳になる娘が遊んでいるのをぼんやりと眺めていました。案内人が彼女に近づき、私が政府からの要請を受けてこちらに泊めてもらいたがっていることを伝えました。

「この方を派遣なさったのは総督さまなのですね」と、彼女は声を上げました。「どうかお入りくださいませ。ようこそおこしくださいました。ここにあるものはなんなりとお使いください」

彼女は足早に私のもとにやってきました。その美しさに私は目を奪われました。女性としての真の魅力、つまりか弱さと優雅さをはっきりと示すものを、ひとつ残らずそなえていたのです。

「それで、キシメオはどこにいるのだろうか？」と、案内人が尋ねました。

「まだ帰ってきておりません」と、彼女は答えました。「夕方の散歩にでかけているのです。太陽が地平線上から姿を消し、黄昏が明るさを呼び戻すことがなくなったころに戻ってまいります。わたしの夜は、その時にようやく明けるのです」

こう言い終えると、彼女はため息をつき、私たちのもとを離れましたが、ふたたびこちらにやってきたとき、その顔に涙の跡が残されているのを私は見逃しませんでした。小屋に入ると、この土地でとれるありとあらゆる果物を盛り合わせた食事がふるまわれました。私は、それまで知らなかった感覚をむさぼり、心ゆくまでその馳走《ちそう》を味わっておりました。

扉を叩《たた》く音がし、ウーリカは身を震わせると、いそいそと立ち上がり、小屋の扉を開け、キシメオの腕の中に飛びこみました。男は彼女を抱きしめているのですが、当の本人は、心ここにあらず、自分が何をしているのか、自分がそこで何を目にしているのか、まったくわかっていない様子です。私は彼のもとに向かいましたが、あれ以上に魅惑的な姿は、あなたさまにもご想像いただくことはできないでしょう。

彼の目鼻立ちには、あのような肌の色をした男性に特有の欠点がまったくなく、私は、そのまなざしから、それまでいちども感じたことのない印象を受けました。豊かな感情の持ち主らしく、その身に漂わせている憂愁は、この男が強く心を寄せる相手の心に伝わらずにはいないものでした。かのベルヴェデーレのアポロン像[005]も、彼以上に完璧であるとは言えません。男性としては痩せすぎているという人もいるかもしれませんし、その一挙手一投足を見ればわかるように、あるいはその容貌にもくっきりと見て取れるように、苦悩に打ちひしがれたその姿は、強さというよりはむしろ繊細さという言葉がぴったりあてはまるようなものでした。私たちを見てもまったく驚く様子はありません。自分の頭を支配している考えとは縁のない情動にはいっさい左右されないようですので、こちらのほうから、私たちを派遣した人物が誰であり、私たちの旅の目的がなんであるのかを伝えました。

「政府は」と彼は言いました。「私から感謝されてしかるべき存在です。しかしながら、私が現在身を置いているこの状況においては、私もまた恩恵を与える側にいる——そうはお思いになりませんか？」

彼は、その住居を開くことを決意するにいたった動機を、しばし語ってくれたのですが、その才気煥発《かんぱつ》ぶり、自らの考えを述べるその能力の高さに、私は舌を巻きました。それに気づいた彼は、「驚いていらっしゃるのですね？」と、私に糺《ただ》しました。「野蛮な人間などせいぜいこの程度のものだろう——ご自分たちが勝手に決めつけた水準に、私たちがとどまっていないことにね」と。

「そんなことはありませんよ」と、私は答えました。「ただ、たとえフランス人でも、自分の言語をあなたほどうまく操れる人にはそうそうお目にかからないだろうと思ったまでです」

「ああ！　仰せのとおり」と、彼は応じました。「天使のそばで長く暮らした者は、わずかながらも天使の光輪を、その頭に戴きつづけるものです」

　そして、自分の外にあるものは何も目に入れたくなくなったのでしょうか、美しいその目をそっと伏せたのでした。ウーリカは涙を流しています。キシメオはようやくそれに気づきました。

「ゆるしておくれ」と、彼女の手をとりながら、彼は叫びました。「どうか、ゆるしておくれ。今というこの時は、お前のものだ。だが、思い出を抱きつづけることを、どうかゆるしておくれ」

「明日は」と、今度は私のほうに向きなおると、彼は言いました。「明日は、私と一緒にこの居住地をくまなく歩いてみることにしましょう。ここが総督閣下のご期待に応《こた》えられるものとなっていると、私が胸を張ることができるかどうか、それはご覧になってのお楽しみです。あなたには、最高の寝床をご用意させますので、どうぞゆっくりとお休みください。居心地が良いところだと思っていただければ嬉しいです」

　そして、声をひそめると、こうもつけ加えました。「心が満たされずに不幸を託《かこ》つ人間には、恐れるものは何もなく、他人の幸福な姿を目にすることを願ってすらいるのです」

　床に就きはしたものの、私は目は閉じませんでした。私は悲しみに満たされていたのでした。目にしたもののすべてに悲しみの跡が刻まれていたからです。理由はわかりませんでしたが、憂鬱《メランコリア》[006]が描かれている絵画を見ていると胸が激しく揺さぶられるように、私は強い情動に駆られていたのです。

太陽がわずかに昇りはじめたころ、私は床を出ましたが、そこで目にしたのは、昨夜よりもさらに打ちひしがれた様子のキシメオの姿でした。理由を尋ねました。彼は答えました。

「私の心に棲みついている苦悩は、増えることも減ることもありえません。単調な生活が続いているあいだは、そんな苦悩もさっさと通り過ぎていってくれるものですが、何か新しい出来事が起こるたびに――それがどのようなものであっても――新たな思いが次々に浮んで、それが新たな涙をとめどなく流させるのです」

彼は細心の気遣いを払って、居住地の隅から隅まで私を案内してくれました。整然としたその様にはいやでも目を引かれ、私は驚きを禁じえませんでした。ここでは、低く見積もっても、サン＝ドマングで、同じ数の人間によって耕されている、同じ広さの土地で生産されているものと同じだけのものが産出されており、幸福そうな黒人たちには、労働に疲れ果てている様子がまったくみうけられません。過酷さにはなんの益もないどころか、むしろ害があるのだということがわかって、私は嬉しくなりました。土地の耕作や、労働者の一日の時間配分について、いったい誰から知恵を授かったのか、私はキシメオに尋ねました。

「知恵はほとんど授かっていません」と、彼は答えました。「けれども、良識を働かせれば、良識がそれ以前に見出した地点にかならず到達するものです。死ぬことが禁じられていた以上、おのれの人生を他の人たちに捧げるしか、私には道がなかったのです。その結果、私には何ができたのでしょう？　私が恐れていたのは奴隷にされることでした。あなたと同じ肌の色をした人たちの野蛮な計画には、なんとしても納得できなかったのです。彼らが私たちを苦しめるのは、私たちの神の敵である彼らの神の命を受けているからなのだろうか――そう考えたこともありました。しかし、じつは、私たち自身がまったく顧みることのなかったこの国の産物こそが、哀れなるアフリカ人の不幸の源となっていることを悟って、この地の産物をみずからの手で育てる手本を示してみてはどうかという申し出を受けることにしたのです。願わくは、世界の二つの地点で自由貿易が成立してくれますよう！　不幸な同国人たちが原始的な生活に別れを告げ、労働に従事するようになってくれますよう！　その結果、あなた方の貪欲な欲求を満たしつつ、同時に、これ以上あり得ないほどの過酷な運命を強《し》いられている者たちが、たとえわずかであっても救われてくれればよいのです。願わくは、自分は厳しい宿命を避けることができたのだと胸を張ることのできる人たちが、自分自身に向けたのと同じだけの熱意をもって、自分たちの同胞にたいしても、未来永劫《えいごう》その恩恵を保証してやってくれますよう！」

そんな話を聞かせてもらっているうちに、私たちはある扉の近くにやってきました。居住地と隣接している深い森に通じている扉です。てっきり、キシメオがその扉を開けてくれるものと思っていたのですが、彼はそれを避けるように踵《きびす》を返したのです。

「なぜ、私には見せてくれないのですか？」そう私が訊くと、彼は悲鳴を上げんばかりに、こう答えました。

「ここまでにしておいてください。あなたならわかってくださるかもしれません。長い、長い不幸の物語を聞いてくださいますか？　この二年というもの、だれにも話したことのないものです。私がそれを口にするのは、聞いていただくためではありません。お察しいただけるかと思いますが、私は胸の裡《うち》を吐露せずにはいられないのです。私の信頼を勝ち得たなどと、どうか自惚《うぬぼ》れないでください。ただし、私の背中を押し、あなたの憐みに縋《すが》ろうと思わせてくれたのが、あなたの優しさであることはたしかです」

「どうか、恐れないでください」と私は答えました。「ご期待は裏切らないつもりです」

――私はカジョール王国[007]の生まれです。王族の血を引く私の父は、国王から託されたいくつかの部族の長を務めていました。私は幼いころから国を守る術《すべ》をしこまれ、弓や槍《やり》には子供のころから親しんできました。そのころには、父の姉妹の娘にあたるウーリカを妻に娶《めと》ることが決められていました。愛することを知った私は、すぐに彼女を愛しました。愛する力は、彼女のために、そして彼女によって育《はぐく》まれたのでした。何ひとつ欠けるところのないその美貌は、他の女性のそれと比べるたびに、私の心をよりいっそう魅了し、はじめて好意を抱いたその人のもとに、私はかならず舞い戻ってくるのでした。

私たちは隣り合うジャロフ族[008]と頻繁に戦闘状態に陥っていました。私たちの間には、戦で捕虜にとった者をヨーロッパ人に売り渡すという、じつに忌《い》むべき慣習が互いにあり、そのために、たとえ休戦状態にあっても消えることのない深い憎悪が生まれ、いっさいの交流を断ってしまっていました。

ある日、こちらの国の山で狩りをしていたとき、私は意図していたよりも奥深くに足を踏み入れてしまったのです。そのときでした。えもいわれぬほどの美しい女性の声が私の耳をとらえたのです。その歌声に耳を傾けてはみたものの、若いその娘が好んで繰り返している歌の歌詞を聞き取ることは、まったくできません。自由への愛、奴隷制度への激しい憎悪——それが、私の心を賛嘆の念で魅了したその気高い歌の主題だったのですが。

私はそばに寄ってみました。若い女性が立ち上がりました。その幼さと、彼女が瞑想している主題との対比に衝撃を受けた私は、思わず、その姿かたちに何か超自然的なものが宿っていないかと目を凝らしました。齢《よわい》を重ねることで培《つちか》われてゆく見解にとって代わることができるのは、霊感にちがいないと思ったからです。美人というわけではありませんでしたが、気品のある整ったその容姿、魅惑的なその瞳、生き生きとしたその顔立ちは、愛の神といえども、その容姿にそれ以上のものを要求する余地のないものでした。

女性はこちらにやってきて、私に答える隙も与えずに、延々と話しはじめたのです。私はやっとのことで、自分の驚きがいかばかりであるかを表明する機会をえました。今しがた耳にした歌の歌詞が彼女自身の作になるものであることを知って、その驚きはいやましに大きくなるばかり。

「驚くのはおやめください」と彼女は言いました。「自分の運命に満足できず、祖国で不遇な目に遭い、このセネガルに居を定めたあるフランス人の男性が、隠遁するべくわたしたちのもとにやってきました。その老人が、幼かったわたしの面倒をみてくれて、ヨーロッパの人たちでさえ羨ましがるようなものをわたしに授けてくれたのです。過剰ともいえるほどの知識と、当の本人がまったくその教訓に従うことのできなかった哲学です。フランス人の言葉を覚え、フランス人の著した書物も何冊か読んだおかげで、わたしはこの山々にこうして登り、ひとりで心ゆくまで思いを巡らせることができるのです」

彼女が口にするひと言ひと言に、私の興味、私の好奇心はいやましに膨れ上がってゆきました。私が耳にしているのは、もはやひとりの女性のそれではなく、ひとりの詩人の言葉だとしか思えませんでした。私たちの国でも、神々の祭式に身を捧げている男たちがいますが、これほど高貴な情熱に溢れた姿をいまだかつて目にした記憶がありませんでした。別れ際、また彼女に会いにきてもよいとの約束を取りつけました。彼女の思い出は、どこにいても私につきまといました。私の心にあったのは、愛というよりは感嘆の念であり、長い間その両者の違いを自分に信じこませることで、私はミルザ（というのが、このうら若きジャロフ族の女性の名前でした）と会い、それがウーリカを傷つけているとは夢にも思っていなかったのです。

そんなある日のこと、私はこれまでに誰かを愛したことがあるのか、彼女に尋ねてみました。その問いを発するのに、こちらがうち震えていたというのに、柔軟な知性とあけっぴろげな性格のゆえでしょうか、彼女の答えはじつに素直なものでした。

「なかったわ」彼女は言いました。「わたしを愛してくれた人はいました。愛を感じられるようでありたいと思ったことも、何度かはあったかもしれないわ。人生を残らず埋め尽くし、たったそれひとつで一日のあらゆる瞬間を運命づけるという、その感情のなんたるかを知りたかったのです。でも、そんな幻想を味わうには、わたしはあまりに深く考えすぎたのだと思います。わたしには自分の心の動きが手に取るようにわかるし、ほかの人の心の動きもみえてしまうのですもの。けっきょく今日の今日まで、一度たりともできなかったの——自分を欺《あざむ》くことも、欺かれることもね」

その最後の言葉が私を悲嘆にくれさせました。

「ミルザ」と、私は言いました。「なんて可哀想な人なんだ！　思考する喜びだけが人生のすべてではない。心の喜びだけで、魂のあらゆる力に匹敵するというのに……」

けれども、彼女は何があっても挫《くじ》かれることのないその善良さで、私を諭《さと》すのでした。彼女の知っていることをすべて理解するのにそう時間はかかりませんでした。賛嘆の言葉で彼女の話を遮ろうとしても、彼女は私の話など聞こうともしないのです。しかたなく私が黙ろうとすると、彼女はすぐまた話しつづけるのです。

ところが、彼女の話をよく聞いているうちに、私が彼女を褒《ほ》め称《たた》えているそのあいだ、彼女がずっと考えているのが、この私のことだけだったというのがわかってきたのです。彼女の優雅さ、彼女の才気煥発ぶり、彼女のまなざし――それらに陶酔しきった私は、彼女を愛していることを実感し、意を決すると、自らの思いを彼女に伝えました。彼女の知性に見出した自らの気持ちの高まり、それを彼女の心に伝えるためなのですから、私はどのような表現も惜しみはしませんでした。情熱と畏れのあまり、彼女の足元で息絶えてもおかしくはありませんでした。

「ミルザ」と、私は繰り返していました。「私を愛していると言ってほしい。そうすれば、私はこの世の王たる座に身を置くことができるだろう。天に通じる道をどうか開いてほしい。そうすれば、君とともに天に昇っていくことができるだろうから」

私の言葉に耳を傾けながら、彼女は戸惑っていました。それまで天賦の才が現れるところしか見たことのなかった彼女の美しい瞳から、涙が溢れそうになっているのです。

「キシメオ」と彼女は言いました。「明日にはお返事をいたします。あなたのお国の女性たちと同じような作法を、どうかこのわたしに期待しないでちょうだい。明日になれば、わたしの心の裡《うち》があなたにも読んでもらえるはず。あなたも、ご自分の心としっかり向き合ってちょうだい」

こう言い終えると、彼女はいつも私のもとを去る合図としていた日暮れよりもうんと早い時刻に、私に別れを告げたのでした。私も彼女を引き留めようとはしませんでした。ミルザと知り合って以来、ウーリカに会うことはすくなくなっていました。彼女には嘘をつき、旅を口実に、結婚の時期を遅らせていたのです。

将来のことを決める代わりに、私は将来を遠ざけていました。

前日から何世紀も時が経ったように思えたその翌日、私はそこに向かいました。最初に私のほうに歩み寄ったのはミルザのほうでした。彼女は打ちひしがれた様子でした。虫が知らせたのか、あるいは愛情によるものなのか、彼女は涙にくれながらその日を過ごしたのです。

「ねえ、キシメオ」と彼女は、柔らかな、けれども確信に満ちた声音で言いました。「わたしを愛しているというのは、ほんとうなのね？　あなたのこの広大な国の中に、あなたの心を繋《つな》ぎとめたものが何もなかったというのは、たしかなことなのね？」

「誓うよ」それが私の答えでした。

「いいわ、あなたを信じます。あなたの約束の証人になってくれるのは、ふたりを取り巻いているこの自然だけね。わたしは、あなたの口から聞かされたこと以外、あなたのことは何も知りません。こうしてひとりっきりでいること、ほうっておかれていることで、わたしは安心していられるのです。あなたの意志に対して、これまでわたしが疑念を抱いたり、それを妨げたりしたことがあったかしら？　あなたがまちがっているとすれば、それはわたしが、キシメオ、あなたのことをどう思っているかというその一点だけね。あなたが報いを受けるとすれば、それはわたしの愛によってだけ。わたしの家族、友人たち、わたしの同国人――わたしはあなたのものになるために、それらすべてを遠ざけてきました。あなたの目に、わたしはか弱く、幼く、不幸な、それゆえに神聖な存在と映っているはず。でも、ちがうの。わたしには恐れるものなどあろうはずもない。ありませんとも」

私は彼女の言葉を遮りました。彼女の足元に身を投げた私は、自分の心に嘘偽りはないと、そう思いこんでいたのです。その瞬間の力が、未来だけでなく、過去をも忘れさせてしまっていたからです。私は心を偽り、無理に信じこませていました。彼女はそんな私を信じてくれたのです。神様！　彼女はなんと情熱的な表現を見出すことができたことか！　私を愛することで、彼女はどれほど幸福であったことか！

ああ、そんなふうにして二か月が過ぎ、その間に、愛と幸福にかかわるものが、ひとつ残らず彼女の心の中に結集していたのです。私もそれを享受していましたが、しだいに冷静さを取り戻すようになっていました。そこが人間の本性のなんとも奇妙なところなのですが、私に会って喜ぶ彼女の姿に心を躍らせていたはずだったのに、やがて、自分のためではなく、彼女のために、私は彼女に会いに来るようになっていたのです。彼女に迎え入れてもらえることが確実になると、彼女に近づく際に、以前のようにうち震えることもなくなっていました。

ミルザはそんなことには気づいていませんでした。彼女は話をしたり、返事をしたり、涙を流したり、自分で自分を慰めたりしていました。倦むことを知らないその魂は、ひとり相撲をとっていたのです。自分に嫌気がさした私は、彼女から遠ざかるべきだと思うようになりました。

カジョール王国の反対側の国境で戦争が勃発し、私はそこに馳せ参じる決意をしました。ミルザにそのことを告げなくてはなりません。ああ、その瞬間、私は彼女が自分にとってどれほどかけがえのない存在であるかを痛感したのです。疑うことを知らず、穏やかな、安心しきった彼女の姿を目《ま》のあたりにし、私は自分の計画を彼女に知らせるだけの力をなくしてしまいました。彼女は私の存在によって生かされているのですから、戦争に赴《おもむ》くことを告げようと思っても、舌が凍りついてしまうのです。手紙を書こうと思いました。彼女から教わった作法でしたが、それなら彼女の不幸を癒してくれるにちがいない……。二十度別れを告げ、二十度引き返しました。

とうとう出発の時が訪れました。不幸な彼女はそれを喜び、私を憐れみ、それを愛だと思いこんだのでした。義務を果たすために彼女のもとを去らざるをえなくなったこと、けれども、かならず戻ってきて、これまでに以上に愛情深く彼女の前にひれ伏すつもりであること、それを手紙にしたためたのです。彼女から送られてきたその返事ときたら！　ああ、愛の言葉よ、恋する気持ちがお前を美しくするとき、お前はどれほどの魅力を帯びることか！　私の不在によって、お前はどれほど絶望に染まることか！　私との再会によって、お前はどれほどの情熱を帯びることか！　彼女の心に、それほどにまで激しく愛する力が秘められていることを知って、私は身の震えを抑えることができませんでした。

けれども、私の父がジャロフ族の女性を自分の娘と認めることはぜったいにないでしょう。障害となるものが、次から次に私の頭に浮かんできました。それまで私の目を覆い、妨げとなるものを見えなくしていたヴェールがはらりと落ちた瞬間でした。私はウーリカともう一度顔を合わせました。その美貌、その涙、一番の関心事である国のこと、一族全体の願い、その他もろもろ——自分の心を奮い立たせることがすでにできなくなっている者にとって乗り越えることができないように思えるそれらすべてを言い訳にして、私は不実な人間となりました。神々の御前《みまえ》でウーリカとの契《ちぎ》りが結ばれたのです。

そうこうするうちに、ミルザに帰還を約束した時が近づいていました。この期《ご》に及んで、私は彼女との再会を望んだのです。自分が彼女に与えるであろう衝撃は和らげられると高を括《くく》り、それが可能だろうと思っていました。愛を失った人間には、それがどのような結果を生むのか、もはや察しがつかなくなり、自らの思い出の力を借りることさえできなくなるのです。私の誓いと私の幸福に立ち会ってきたあの場所——その同じ場所をくまなく歩きながら、私はいったいどのような感情に満たされていたのでしょうか！　何ひとつ変わっていませんでした。私の心以外は。そして、その場所を思い出すだけで、私は精一杯だったのです。

ミルザは、といえば、彼女は私の姿を認めると、瞬時に幸福に満たされたのだと思います。長い人生で、だれもがそのわずかな片鱗すら、ほとんど味わうことのできないほどの幸福です。そしてそれこそが彼女にたいする神々の報いだったのです。ああ！　不幸なミルザに私の心変わりを知らしめた、そのおぞましさときたら、とうてい言葉にはできないでしょう。震える私の唇が発したのは、友情という言葉でした。

「あなたの友情ですって！」と、彼女は叫びました。「あなたの友情ですって！　ひどい人ね！　わたしの魂に与えられるべきものが、それっぽっちの感情だというの？　さあ、好きにすればいいわ！　わたしを殺せばいい。さあ、帰って！　あなたが今このわたしにできるのはそれだけよ」

途方もなく深い苦悩が、彼女にそう言わせているようでした。彼女は私の足元に倒れこみ、ぴくりとも動きません。私はまさに怪物だったのです！　私が彼女を欺かなければいけなかったのは、じつは、あの時だったのです。それなのに、私が本来の私の姿でいたのが、まさにあの時だったのです。

「鈍感な人ね！　わたしのことはほうっておいてちょうだい」彼女はそう言いました。「子供時代にわたしの面倒をみてくれた、父親代わりの例のご老人は、まだ当分は生きていられるでしょう。わたしはあの方のためにまだ生きていかなくてはいけないの。わたしのここはもう死んでしまっているけれど」と、彼女は自分の手を心臓にあてて言いました。「でもあの方のお世話をしてさしあげなくてはいけないの。わたしのことはほうっておいてちょうだい」

「それはできないよ」私はそう叫んでいました。「君の憎しみに耐えるなんて、私にはできない」

「わたしの憎しみ！」と彼女は答えました。「そんなもの、恐れることはないわ。ねえ、キシメオ。愛することしかできない心というものがあるのよ。すべての情念を自分の心にしか向けられない心というのがあるのよ。これで終わりね、キシメオ。だから、あなたはわたしではないその女《ひと》のものよ……」

「いやだ、ぜったいにそうはならない、ぜったいに」私がそう彼女に言うと、

「今はあなたを信じることはできないわ」彼女はそう答えたのです。「昨日なら、あなたの言葉を信じて、私たちを今照らしてくれているこの陽の光のことだって疑ったかもしれない。キシメオ、あなたの胸でわたしを抱きしめて。わたしのことを、自分の愛《いと》しい人と呼んでちょうだい。以前のような口調に戻ってちょうだい。もう一度あなたの声を聞かせてちょうだい。あなたの声を聞いて楽しむためではなく、この先、何度でもその声を思い出せるように。でも、それも不可能ね。これでお別れね、わたしは自分ひとりであなたの声を見つけてみせます。わたしの心には永遠に響いているでしょうから。キシメオ、ほんとうに、さよならね」

最後のその言葉の、胸を打たずにはいられないその抑揚、私から遠ざかる際に彼女が振り絞った力——それは今も、残らず私の心に焼きついています。彼女の姿は私の瞼《まぶた》から消えることはないでしょう。ああ、神様！　どうかその幻影をさらに生々しいものとしてください！　もしまだ可能であるならば、私が失ったものをより生々しく感じられるよう、ほんの一瞬でいいから、彼女に会わせてください！

彼女が立ち去ったあと、あたかも大罪を犯したばかりの人間であるかのように、私は動揺し、混乱したまま、その場から動くことができませんでした。家に帰ろう——そう思ったときには、いつのまにか夜の帳《とばり》が下りていました。悔恨と思い出、そしてミルザが抱える不幸な思い、それらが私の心に張りついて離れません。彼女の影が私の心に甦ってくるのでした。まるで、彼女の幸福の終焉が、彼女の人生そのものの終焉ででもあるかのように。

　ジャロフ族に対して、ふたたび戦闘の火蓋が切って落とされました。ミルザの国の住人たちと一戦を交えなければならなくなったのです。彼女の目の前で栄誉を勝ち取る姿を見せたいと思いました。彼女が私を選んだその選択が正しかったと思わせたい、自分はおのれの手で捨て去った幸福に、今なお匹敵するだけの存在だと、そう思いたかったのです。死は、まったくといってよいほど怖くはありませんでした。あれほど残酷な生き方を自らの決断で強いてしまったのですから、命を危険に晒《さら》すことにむしろ密《ひそ》かな喜びすら感じていたのかもしれません。

　私は手ひどい傷を負いました。意識を取り戻したとき、ひとりの女性が毎日私の部屋の扉のすぐ前までやってきていたことを知りました。その女性は、身じろぎもせず、ほんのわずかな物音にも身を震わせていたそうです。私の容態が悪化したときには、その女性は気を失い、みんなが急いで彼女を取り囲むと、息を吹き返し、このような言葉を残したそうです。「どうか、あの方には知らせないでください」彼女は言いました。「皆さんがご覧になったわたしのこのありさまを、あの方には知らせないで。あの方にとって、わたしはただの異国人以下の存在なのです。わたしが心配していることを知ったら、あの方はきっと深く悲しまれますから」

　そんなある日のこと――じつにおぞましい一日だったのですが――まだ衰弱していた私のそばに、私の家族であるウーリカが付き添ってくれていました。絶望の淵に追いやってしまったあの女性の思い出から遠ざかっているあいだだけ、私は心穏やかでいることができました。少なくとも心穏やかだと、そう思っていました。あれは運命の導きだったのだ。私があんなふうに振舞ったのは、彼女に支配されていたからなのだ……。後悔の念に苛《さいな》まれる瞬間が恐ろしくて、ややもすれば、過ぎたあの時に戻ろうとする自分の気持ちを抑えるために、私はありったけの力を振り絞っていたのです。

　私たちの敵であるジャロフ族が、突然私の住んでいた町を襲ってきたのです。こちらには防御の備えもありません。それでも、かなり長い間持ちこたえたのですが、とうとう町は占領され、何人もが捕虜にとられてしまいました。私もそのひとりでした。鉄の軛に繋がれたおのれの姿を見たその瞬間ときたら！　残酷なホッテントット[009]が、征服した人間に運命づけるのは、死しかありません。けれども、卑怯《ひきょう》なことに、それよりも野蛮な私たちは、じつは両者にとって共通の敵であるはずの敵に仕え、その共犯者となることで、彼らの罪を正当化してしまっているのです。

　ジャロフ族の派遣隊は丸一夜、私たちを歩かせました。日が昇り、朝の光に照らされたころ、私たちはセネガルの、とある川のほとりにいました。小舟が用意されていました。目にしたのは白人たちの姿です。私はおのれの運命を確信しました。やがて、私を監督していた男は、おぞましい取引のために、卑劣な条件の交渉を始めました。ヨーロッパ人たちは、私たちの年齢や体力をこと細かに見きわめていきます。その先、彼らが私たちに強いようとしている苦痛に、私たちがどれくらい長く耐えられるかをはかるためです。すでに私の心は決まっていました。破滅に向かうこの小舟に乗り移る時には、鎖が緩んで、川に身を投じることができるだろうし、万一、貪欲な買い手によってただちに救助されたとしても、私を繋いでいる軛の鉄の重みが、底知れぬ深みの奥に私をひきずりこむだろう――そう思っていたのです。視線を大地のただ一点に向け、自分の思考を、心に抱いたおぞましい希望にのみ集中させ、私は自分を取り巻いている現実とはいわば切り離された存在となっていました。

突然、ある声――幸福と痛みの両方によって、私にとって近しいものとなることとなったある声――が、私の心臓を震わせ、身じろぎもせずに没入していた思考から私を現実に引き戻したのです。私は目を凝らしました。そこにいたのはミルザ、その人でした。美しいミルザ。生身の人間ではなく、天使のような、美しいミルザでした。なにしろ、その時彼女の顔に浮かんでいたのは、まさに彼女の魂そのものだったからです。聞こえてくるのは、自分の話に耳を貸してくれるようにヨーロッパ人に請うている彼女の声でした。その声はうわずっていましたが、声に変調をあたえているのは、恐怖でも憐れみでもありませんでした。超自然的な動きが彼女の人となりのすべてに、新たな性格を与えていたのです。

「ヨーロッパの皆さん」と、彼女は言いました「わたしたちを奴隷になさるのは、皆さんの土地を耕させるためなのですね。わたしたちの不幸が皆さんに必要なものとなるのは、おそらくそれが皆さんの利益になるからですね。皆さんが悪の神に似ているようには、おみうけできません。わたしたちを苦しめること、それが、皆さんがわたしたちに運命づけている苦役《くえき》の目的ではありませんよね。傷を負って、衰弱しきっているこの若者をどうかご覧ください。この様子では、長い旅にも、また、皆さんが強いるおつもりの労働にも、とうてい耐えきれないでしょう。でも、ご覧ください。元気で、まだ年も若いこのわたしを。女だからといって根性がないわけではありません。キシメオの代わりに、このわたしが奴隷となることを、どうかお認めくださいい。わたしは死んだりしません。それが、キシメオの解放をわたしにお与えくださることへの代償なのですから。奴隷制度が恥ずべきものだなどとは思わないようにいたします。わたしの主《あるじ》となる方たちの力には、敬意を払いたいと思います。わたしという存在によって、その方たちはご自分の支配力を維持することがおできになるはずです。自分たちの善きおこないが、その支配力の源となってくれていたと、きっとおわかりになることでしょう。キシメオにとって、命はかけがえのないものに違いありません。彼を愛してくれている人がいるのですから！　わたしには、執着する人など、この世にひとりもおりません。わたしがこの世界から姿を消したとても、誰かの心にぽっかり穴があくということもないでしょう。わたしという存在が消えてなくなったことには、ひょっとしたら気づいてもらえるかもしれませんが……。わたしはおのれの人生に決着をつけようと思います。新しい幸福が、わたしの心の中でわたしを生かしつづけてくれるでしょう。ああ！　みなさんのお心が動かされてくれるとよいのですが。みなさんの憐みのお気持ちが損得勘定に抵触しないのであれば、どうか憐みの声にだけ、お耳を傾けてくださいませ」

こう言い切ると、あの誇り高きミルザ——たとえ死の恐怖をもってしても、国王の前にひれ伏させることはできなかったであろう、あの誇り高きミルザ——が、膝を折ったのです。しかし、そんな態度をとってもなお、彼女の権威はまったく損なわれることはありませんでした。彼女の懇願を受けた人たちのだれもが、感嘆の念と羞恥の念とに打たれていました。

一瞬、彼女は自分の寛容さに私が甘えるかもしれない、そう思ったのかもしれません。私は言葉を失っており、二度と彼女に会えなくなるという思いに死ぬほど苛まれていたのです。あの残忍なヨーロッパ人たちが一様にこう叫んでいました。

「交換に応じようではないか。きれいな女だし、歳も若い。それになかなかの度胸じゃないか。黒人の女奴隷とは、願ったりかなったりだ。友人のほうは放してやろう」

私は力をふり絞りました。彼らはミルザに近づこうとしています。

「この人非人どもめ！」私は声のかぎりに叫びました。「私を連れてゆけ！　私をだ！　いいか、彼女は女なんだぞ。か弱い女なんだ！　ジャロフのみんな、あんたたちは、自分たちの国の女性が奴隷にとられることに同意するというのか？　それも、あんたたちにとってもっとも忌まわしい敵の身代わりになると言っているのに？」

「やめてちょうだい」と、ミルザは私に言いました「今さら善人ぶるのはやめたほうがいいわ。その徳高き行為だって、あなたご自身のためなのでしょうから。わたしの幸福があなたにとってもかけがえのないものであったら、わたしを捨てたりはしなかったはず。思いやりのない人だとわかった以上、あなたには罪深い人でいてもらうほうがいいのよ。恨み言を言う権利くらいは、わたしにも残しておいてちょうだい。わたしの苦悩を払拭することがあなたにできない以上、わたしに残されたたったひとつの幸せまで、どうか取り上げないでちょうだい。あなたに施してあげた善行によってのみ、わたしはあなたに繋がっていられる――そう考えることだけはゆるしてほしい……。わたしはずっとあなたの行く末を見守ってきたのよ。わたしの人生があなたの役に立たないのなら、生きてはいられない。わたしの命を救いたければ、方法はこれしかないわ。何があっても、わたしを拒《こば》んだ、あのあなたでいつづけることね」

あれ以来、私は彼女の言葉を、ひと言漏らさず思い起こしてみるのですが、それが意味するものを、あの時には何ひとつわかっていなかったのだと思います。ミルザの意図を思うと、戦慄を覚えずにはいられませんでした。あの卑しいヨーロッパ人たちが、彼女のそんな思いの後押しをしてしまったのではないかと思ってしまうのです。どんなことがあっても彼女を捨てたりはしないと、そう言い切るだけの度胸も私にはありませんでしたから。

欲にまみれたあの商人たちが、私たちふたりを、ともに奴隷として連れて行ってくれればよかったのです。

思いやりのかけらもない彼らの心は、あのときすでにこうなることを見越していたのかもしれません。愛や義務の観念に縛られ、みずから進んで買われ、みずから自分たちについてくるような人間をこれからは捕虜に選ぼう――すでにそういう腹づもりだったのかもしれません。私たちの徳の高さを知り尽くし、それにつけこんで、自分たちの悪徳に役立てたのです。

けれども、私たちの戦闘のことも、ミルザの自己犠牲も、私の絶望も、すべてご存じであった総督閣下が、光の天使のごとく歩み寄られたのです。ああ！　だれもが、総督様が私たちに幸運をもたらしてくださるだろうと、そう思いました。

「さあ、ふたりともに自由の身になるがいい」そうおっしゃったのです。「お前たちふたりをともに、国に、愛する人のもとに、返したいと思う。魂のあの偉大さは、お前たちを自分の奴隷と呼んでいたかもしれない、そんなヨーロッパ人をも恥じ入らせたことだろう」

鉄の軛を解かれた私は総督閣下の膝を抱きしめ、心の中でその善良さを讃えていました。総督閣下が自らに与えられた正当な権利を犠牲にしてくださったのだと思ったからです。ああ！　だから強奪者たちも、不正と縁を切ることで、善をおこなう人の高みに達することができるのです。私は立ち上がりました。ミルザも私と同じように総督の足元にひれ伏しているものと思っていました。いくらか離れたところで、木にもたれかかり、深く物思いにふけっている彼女の姿が目に入りました。私は彼女のもとに駆け寄りました。愛、感嘆、感謝、心に抱いていたそれらの感情を何もかも同時に口にしていました。

「キシメオ」と彼女は言いました。「もう遅いわ。わたしの不幸はずっと以前に刻みこまれたもので、今さらあなたの手が届くようなところにはないのよ。あなたの声が耳に届くたびに、苦しさで身が震えるの。あなたの存在がわたしの血管の中を流れている血を凍らせるのよ――あなたを思って、かつては熱く煮えたぎっていたこの血を――。情熱に燃えた魂というのは、両極端の感情しか知らないの。そして一方から一方へと、一気に移ってしまうものなのよ。わたしの行く末をあなたの口から聞かされたときには、ずっと信じることができなかった。あの時、あなたは戻ってくることもできたのよ。あなたの心変わりは夢だった――そう信じこむことだってできたのですもの。でも、今となっては、あの記憶をなかったことにするためには、心に刃《やいば》を突き立てるほかないの。心に刻みこまれた記憶は、何をもってしても消し去ることができないのですもの」

彼女がそう口にしたときには、致命的な矢が一本彼女の心臓に突き刺さっていたのです。神様、あの時、私の命も一時完全に止めておしまいになったはずなのに、私にその命をお返しくださったのは、私が自らの痛みにこれからもずっと責め苛まれつづけることで、より巧妙にミルザの仇をおとりになるためだったのでしょうか。

丸ひと月というもの、私の頭の中では、一連の思い出も、様々な思いも、いっさいが停止状態にありました。別の世界に身を置いているのだと思うことも何度かありました。そこでは、以前身を置いていた世界のことを思い出すことが、まさに地獄の苦しみなのです。ウーリカは、自ら命を絶つことはぜったいにしないことを私に約束させました。総督閣下は不幸な同国人たちの役に立てるよう、そして、ミルザの最後の遺志を尊重するためにも、私は生きつづけなくてはいけないと、この私を説き伏せられたのです。死のまぎわに、ミルザは総督閣下に、私のことをよろしく頼む、私を閣下の御名によって慰めてほしい、そう懇願していたというのです。私はそれを受け入れ、すでにこの世にはいなくなった愛《いと》しくてたまらない女性、生前にはじゅうぶんに理解することができていなかった女性が遺していったものを、すべて墓の中に封印したのです。

だからなのです。太陽が姿を消そうとするその時、自然界全体が私の喪によって覆いつくされるその時、世界を包む静けさのおかげで、自分の思考よりもっと深い自分の心の声が聞こえるようになるその時――その時だけ、私は彼女の墓石にひれ伏し、甘美なる不幸の味を貪り、彼女の苦しみの感情を残らず味わっているのです。高揚のあまり、私の想像力が亡霊を生み出すこともあります。彼女の姿がそこに見えているように思えるのですが。けれども、苛立った恋人のような様子を見せることはぜったいにありません。彼女の声が聞こえるのですが、その声は私を慰め、私の苦悩を慮《おもんぱか》ってくれるのです。

そうなのです、後《のち》の世に私たちを待ち受けている運命がどのようなものであるかはわかりませんが、私は心の中でミルザの思い出に敬意を表し、私が命を落とすことで、彼女が遺してくれたものが悉《ことごと》く無に帰してしまわないよう、ひたすら念じているのです。この二年の間、私が自分の苦悩を打ち明けた相手は、あなたおひとりだけです。あなたに憐みをかけていただくことを期待しているわけではありません。ひとりの女性を偲《しの》んでいるのは、その死を招いた人非人です。そんな男に関心をお持ちになる必要はありません。ただ、私は彼女のことをお話ししたかっただけなのです。ああ！　どうか、ミルザという名前を忘れないとお約束ください。お子さんがたにこの話をお伝えください。私が死んだあとも、どうか、あの愛の天使の記憶、あの不幸の生贄《いけにえ》となった人の記憶が消えてなくならないよう、守りつづけてください――

物語を終えると、キシメオの魅力的な顔には憂鬱な夢想の色が広がりました。私は涙にくれ、彼に声をかけたいと思いました。

「立ち直る努力をすべきだとお思いでしょうか？　私の不幸について、私にもまだ見つかっていない見解を、誰かが打ち出してくれるとお思いでしょうか？　私の不幸をあなたに知っていただきたかったのです。でも、あなたでも、それを和らげてくれることはできないだろうと、ちゃんとわかっていました。今の不幸をとりあげられてしまったら、私は死んでしまうでしょう。不幸に取って代わって私の心を占めるのは、良心の呵《か》責《しゃく》でしょう。そこに伴う苦悩は殺伐として、身を焼くように危険なものです。さようなら。私の話を聞いてくださって感謝しています」

彼の陰鬱な穏やかさ、涙を見せることのない彼の絶望は、私がどう努力しても無駄だろうということを、容易に私に納得させてくれるものでした。彼に声をかけようという思いはすでに失《う》せていました。彼の不幸が私にそれを命じているからです。苦い痛恨の思いを心に抱えたまま、私は彼に別れを告げました。そして彼との約束を果たすために、彼の物語を語り伝え、できることであれば、彼のミルザ、その悲しい名前を永遠に語り継いでゆきたいと思います。

アデライードとテオドール

アデライードは幼くして孤児となり、その教育は父の兄弟にあたるオルヴィル男爵に託された。姪《めい》を育てる義務を負わされて頭を抱えていたのだが、姪を厄介払いする願ってもない話が舞いこむと、さっそくそれに飛びついた。愛想がよく、つきあいのよい男ではあったが、その軽薄さは半端ではなく、たとえ財産の半分を守るためであったとしても、注意を散漫にさせないでいられるのは、せいぜい十五分がいいところ。この性格がさいわいしたのか、彼はたいそうもてはやされていた。その無頓着ぶりは、若いころは粗忽《そこつ》さと同義であったのだが、老いてのちは、哲学と呼ばれるようになっていた。実態はどちらも同じで、名前が変わっただけのことなのだが。悪いこともけっしてしなかった代わりに、骨を折ってまで善いおこないをするわけでもまったくない。その弱さゆえに、悪にでも、善にでも、易々《やすやす》と流されてしまう。道徳であれ、不道徳であれ、何か一貫したものがそなわっている男ではなかったのだ。理路整然としたもの、深遠なるもの、苦労を伴うもの、あるいは努力を必要とするようなもの、それらの裏をかくのがこの男の常道だった。

若い娘を育てるには不向きだと自分でも感づいていたので、アデライードが十四歳になるまで、田舎の親戚の女性のもとに預けっぱなしにしておいたのだ。その女性、名はオルファイユ夫人という。年齢は三十歳。夫に捨てられたというのに、自分はその夫を狂おしいまでに愛しているのだと、今なお思いこんでいた。なんにせよ、彼女は天使のように信心深く、夫以外の誰かを必要としてしまうような気がして、夫に寄せる思いを自ら断ち切ることを潔《いさぎよ》しとしなかった。天性の才知に恵まれてこの世に生を享けながら、彼女はその才知をじゅうぶんに涵養する機会に恵まれなかった。恋愛のことしか頭になく、信仰に関する書物しか読んだことがなかったからである。彼女は世間のことに疎《うと》かった。空想の国でしか生きてこなかったからである。その結果、その現実離れした考えと日常の信仰の実践との隔たりが鮮明になり、友人たちから感じがよいと思われていたその性格も、自分の愛弟子《まなでし》の役に立つものであるとは言い難いものであった。アデライードは彼女のことが大好きだった。ふたりでいっしょに小説に読み耽《ふけ》り、いっしょに神様にお祈りをした。ふたりはいっしょに熱狂し、いっしょに胸を熱くした。アデライードの若い魂は、いつも感動にうち震えていた。

十四歳でオルヴィル男爵のもとに戻ってきたときの彼女、その資質はこのようなものであった。男爵は、その道中も、おつきの女性をひとりもつけずに、姪をたったひとりで自分のところにやってこさせた。その代わり、贅沢ということで思いつくものは、どのようなものも、ふんだんに揃えられていた。オルヴィル男爵の女友達は、年若いアデライードの周りにわれ先にと馳せ参じ、愛情の証しとして、寄ってたかって身の飾り方を娘に指南する役を買って出た。与えられたアドバイスは、良くも悪くもなかった。娘がその先どういう行動をとるべきかについてご婦人が与えた忠告は、行き当たりばったりのものばかり。だれもが彼女の自尊心をくすぐることにばかり熱心だったのだ。というのも、ご婦人方は、彼女がどれだけ殿方に気に入られるか、そこに価値を求めていたからだ。

年増の女性が若い女性に嫉妬しないのは、自分たちの虚栄心が若い女性に反映されるときだけだ。若い女性の成功を目《ま》のあたりにして喜びを感じるためには、その成功が、どんなかたちであれ、自分たちの手柄でなくてはならないのだ。アデライードは、何を見ても目がくらくらするばかり。彼女が交わしたかったのは、愛のお話。それなのに、このご婦人方の答えは、殿方に愛を抱かせる正しい術は、ブルネットの髪の場合には、はっきりした色をぜったいに身に着けないことね、とか、ブロンドの髪の人は柔らかい色を身にまとってはだめよ……といったものばかり。娘は信心に励みたかった。それなのに、オルヴィル男爵は、ふざけてばかりで彼女を辟易《へきえき》させるだけ。娘は読書がしたかった。それなのに、その時間も与えてもらえない。ご婦人方にしても、けっして悪気があったわけではないのだが、なにしろ刹那的で、それが辛い一日であったのか、幸福な一日であったのかさえ分からないうちに、一日を無為に過ごさせるなど、お手の物だった。そうこうするうちに、男爵のほうでも、若い女性に気を遣うことにそろそろ飽きはじめていた。娘のことに責任をもつことができないのではないかと、不安になってきたのだ。

そんな時だった。ある朝、立派な紳士《オネツトム》ではあるのだが、同時に、フランスじゅう探してもめったにお目にかかることができないほど愚かなリニエール氏が彼を訪ねてきた。自分には年に八万リーブルに上る収入があり、六十歳という年齢ではあるが、おたくの姪御さんにたいそう好意を抱いている、というのだ。もしよければ、一週間後に結婚したいとの申し出である。男爵には、この願ったりかなったりの求婚に否やはなく、結婚の約束が固まった。しかし、この縁談を聞かされたアデライードは絶望した。彼女の描いていた幸福な物語はついえさったのだ。十五歳の娘にゆるされたぎりぎりの猶予《ゆうよ》の時間を超えてなお、彼女は抵抗した。けれども舞踏会の最中に、とうとう求婚を受け入れる返事をしてしまった。

その運命の日が明けると、彼女は憂愁に満ちた手紙を叔母に書き送った。「もはや、わたしに希望はありません」彼女は続けた。「わたしの未来はあの人たちによって断ち切られました。愛する喜びは永遠に封印されてしまいました。生きている実感をいちども抱くことのないまま、わたしは死んでゆくことになるでしょう。この先、わたしの興味をかきたてるようなことは、何ひとつ起こることはないでしょう。何があっても、もうどうでもいいです」

数日後、彼女は叔母に手紙で宣言した。「何かで気を紛らわしていなければ、もうやっていけません。めまぐるしい旋風によってこの身がどこかに運び去られるのにまかせていなければ、やっていられません。不幸も幸福も、わたしにはありません。夢を見ても、楽しくありません。今のわたしは激流に流されているだけ。時間を奪ってくれるものが愛《いと》おしく思えます」

じっさい、その年頃の娘が好む快楽にアデライードが身を任せるようになるのに、たいして時間はかからなかった。きれいで、機知に富んでいて、愛嬌《あいきょう》がある――そんなふうに虚栄心をかきたてられ、殿方にもてはやされることに喜びを感じるようになっていた。一日をそのように過ごすことに心の痛みを感じることも、ままあったが、世の夫の中でもこれ以上はないというくらい凡庸な夫とふたりきりで過ごすと思っただけで、家を空けずにはいられなくなるのだった。めくるめく快楽の魔力は、自宅に帰ろうとする彼女の足を止めた。自分が送っている人生に、絶えず異を唱えつつも、その翌日も、また前の日とまったく同じように流れてゆくのだった。

そんな風にして二年の歳月が流れた。彼女の魂にはなんの感情もなかった。その代わりに、彼女は空疎さの中で生きることを覚え、虚飾の快楽に満足することを覚えた。彼女の才知、彼女の心は、彼女に運命づけられた人生には、たしかにもったいないものではあったが、人から羨ましがられてもおかしくはないその性格には、孤独が必要であり、また、その性格がくるくる変わるのにつれて、彼女を取りまく様々なものの選択も、それに応じたものとなっていった。美しい田舎の様子が彼女に夢を見させた、かと思えば、ヴァイオリンの音色が彼女を都会にひき戻すのだった。ルソーが説く感覚的道徳[001]とは、まさしく、このような、じつに若く、じつに柔軟な魂を指しているのだ。

とはいえ、この軽さは、副次的な美質にのみ及ぶものであった。ささやかな虚栄心、快楽への嗜好——田舎はそんな欠点から彼女を立ち直らせてくれるが、都会はあっという間に彼女にその欠点を取り戻させるのだった。けれども彼女の感性、彼女の善良さ、それに彼女の飾り気のなさ、それだけは変わりようがなく、本人が素直にそれと認めることのできる彼女の欠点は、彼女を妬《ねた》む者たちへの慰めとなり、友人たちに、つねに辛辣で、つねに受けの良い冗談の種を提供しているのだった。愛らしく繊細な顔立ち、ブロンドの髪、輝くような白い肌、そして極めつけは、小説もどきの夢見がちな優しい言葉遣いなのだが、それらは、その驚くほどの活発さと好対照をなしながら、彼女の人格のすべてに、謙虚さと感受性の豊かさという様相を付与し、彼女にたいする興味をかきたてずにはおかなかったのだ。

お祭り騒ぎに明け暮れ、ちやほやされることで、いやでも有頂天になってはいたが、そのさなかにも、アデライードは夫に対してはいつも良い妻でありつづけた。どれほど些細《ささい》なことであっても、夫が物笑いの的にされることには我慢ならなかった。愚かな人にも虚栄心はある。アデライードの夫は、思いやりのあるわずかな言葉をかけてもらい、あちこちにお供させてほしい——そうねだるだけで満足してくれており、同行を請《こ》う件にしても、暇を持て余している彼のほうが、いつでも都合をあわせてくれるのだった。

二年後、リニエール氏は病に倒れた。アデライードは熱心に夫を看病した。彼は逝ってしまった。彼女の心は恐怖でいっぱいになった。彼女の想像力には、彼女が目にした陰鬱な光景が強く影を落とすようになった。死について深く思いを巡らせたのは、この時がはじめてだったのだ。かけがえのない人の喪失は、私たちを悲嘆にくれさせ、その感情の前には、どれほど強い恐怖もっすっかり影を潜めてしまう。しかし、関心のない人の死に際しては、命の尽きる様を凝視し、それを頭に浮かべるたびに、人は陰気で哲学的な思索へと導かれ、女性の心はいともたやすく恐怖に染まってしまうのだ。

オルヴィル男爵とその取り巻きたちは、アデライードのことをまったくわかってくれなかったので、彼女は彼らから距離を置く必要を感じた。喪が明けるまでの一年間を、オルファイユ夫人のもとで――大好きな叔母、自堕落な生活を送る彼女のことを非難しながらも、いつも自分のことを懐かしがってくれていた叔母のもとで――過ごすことを決意した。

リニエール夫人がオルファイユ夫人のもとにやってきたのは四月のことであった。この二年間というもの、自然を目にすることはついぞなかった。彼女の心はその虜《とりこ》となった。幼かったころに抱いていた印象が、自然のもつあらゆる魅力とともに、ありありと呼び覚まされてきたのだ。オルファイユ夫人と再会できて彼女は幸せだった。どのような快楽も、この魅惑的な場所で感じる甘い憂愁ほどには、その心を喜びで満たしてくれてはいなかったのだ。

ほどなくして、日々の仕事、時間のやりくりなど、すべてがとり決められた。アデライードは思った。こんな風にしていれば、人生はより穏やかに、より早く過ぎていってくれる。人生をより豊かに感じ、しかも、人生を負担に思うこともなくなるのだと。やがて彼女の想像力は全面的に田舎の魅力に委ねられるようになり、そのため、彼女は都会を思い浮かべるたびに、おぞましさしか感じられなくなっていた。

田舎暮らしを始めて二週間も経たないうちに、オルファイユ夫人はロスタン大公夫人に会いに行ってみないかと切り出した。その城はそこから二里ばかり離れたところにある。尊大きわまりないこの女性は、そのいっぽうで、その知性、その性格、さらには、息子であるテオドール伯爵にたいする惜しみのない愛情によっても、よく知られていた。若気の至りで、借金をしたり女に溺れたりした息子を、あやまちから立ち直らせたのは、その母であった。金と女――月並みであるだけにいっそう罪深く、またライバルたちが立身出世の道から人を蹴落とすときにつけこむのも、まさにこのふたつの欠点なのだが――、けっきょくこれでいちばん傷つくのは、他のだれでもない本人なのだ。しかも、往々にして、だれの興味をもひきつけずにはおかない美点が、このふたつの欠点の原因とも、また言い訳ともなりうるのだ。

リニエール夫人もロスタン伯爵の噂は耳にしたことがあった。機知と優しさにおいて、彼ほどの美名を馳せた人物はいなかった。彼が世間から姿を隠して、すでに四か月になることは聞き及んでいた。愛人であった恋多き女、デタンプ夫人の心変わりに苦悩してのことだという。心を射止めたと信じ、真剣に愛したその女性との別れは、情によるだけではなく、誇りを守るためのものであったこと、彼が居を定めているのがパリであり、彼が自分の好む人間のところにしかぜったいに足を運ばないらしく、そのため、あまり筋の良くない連中とつきあっているらしいということ、また、財産を残らず友人たちにくれてやっているらしく、とにかく救いようのない輩《やから》らしいこと……などなど、そのようなことが、彼女の耳に届いていたのだ。

名声を博すような公の機会に恵まれていれば別だが、人についての評判というものは、概していいかげんに作りあげられるものだ。テオドール伯爵も、おそらく誰かが作り上げた肖像通りの人なのだろう――リニエール夫人はそう思ういっぽうで、これほど有名な人物の魅力にたいする尋常ならざる好奇心のなせるものなのだろう、彼女の頭には、それとはまったく異なる考えも浮かんでいたのだ。そのようなことをあれこれと口にする彼女に対して、オルファイユ夫人はこう答えるのだった。

「ロスタン伯爵について、あなたは噂に惑わされているのよ。あるときは真面目で、あるときは陽気だという彼の会話の魅力は、けっして誇張されたものではないわ。あの方は、才知が能《あた》う限りの喜びを与えてくださるはずよ。でも、あなたの想像が及ぶ限り、あれほど傷つきやすい魂、あれほど誇り高い性格はないのではないかしら。対象とするものがなんであれ、それにたいする彼の思想はつねに公正そのものであり、あの方が、理性から外れたことをするとすれば、それは情に引きずられた時だけよ。あの方は、頭の中のありあまる陽気さと、心の中の深い憂鬱を合体させているのよ。わたしにはわかるの。彼は夢見がちな人なんかではない。何ごとも誇張したりはしないし、寡黙な人よ。でも、わたしたちが想像するよりも、千倍も深く愛を感じることのできる人なのよ」

こんな会話を続けているうちに、リニエール夫人とオルファイユ夫人は城に到着した。アデライードは、宮廷のお歴々がもっとも魅力的であると評し、かつ、叔母がもっとも傷つきやすいと評しているその男性に会いたくてたまらなかった。おそらく、そのふたつの長所、そのいずれもが、彼女の知性と彼女の心とが求めてやまないものであったからだろう。だからこそ、彼に気に入られたいという気持ちが、これまで経験したことがないほど強く、彼女の心を占めていたのだ。

オルファイユ夫人とリニエール夫人は、簡素でありながらも、気品高くしつらえられた城に足を踏み入れた。居間に近づくと、ロスタン大公夫人の友人であるふたりの老婦人が声をたてて笑うのが聞こえてきた。扉を開けると、ふたりの目に、老婦人たちの話し相手をしている大公夫人の息子の姿がとびこんできた。アデライードは、老婦人たちに話しかける決心をつけかねていた。しかしそうしたほうがいいと感じてはいたので、そういうことのできるテオドール伯爵に敬意を払わずにはいられなかった。彼は彼女の正面にやってきた。その顔立ちは気品に満ち、興味をそそられずにはいられないものだった。その物腰は、ことごとく優雅さと威厳を感じさせるものであった。そのため、人をくつろがせるいっぽうで、人を寄せつけないところもあった。就中《なかんずく》、そのまなざしには、どこか傷つきやすく、夢見がちなものが秘められており、陽気さがふと垣間見えた次の瞬間、ただちにそのような表情がそれにとって代わるため、まるで、陽気さは自分の魂の通常の状態ではないのだと主張しているように思えるのだった。

リニエール夫人は彼に気に入られようと一生懸命だった。それに対して、彼のほうは、ことさら自分の存在を主張するわけではなく、彼女を積極的に引き立てることで、彼女の熱意に応じようとしていた。自分がどのように受け答えするかに心を砕く代わりに、アデライードの答えをうまくひきだすようにお膳立てしてくれていたのだ。彼女にじゅうぶんな知性がなければ、彼に心を寄せる代わりに、自信過剰に陥っていたとしてもおかしくなかっただろう。

訪問は終わった。伯爵はふたりを家まで送らせてほしいと申し出た。

その翌日も、そのあとも、毎日毎日彼はやってきた。どのような用事も彼を思いとどまらせることはなかった。彼は生活のすべてを捧げた。つねにアデライードの要請に応じ、彼女に先んじ、彼女の望みを優先し、自分の気持ちは、これをいっさい口にすることなく、あるときは自らの献身によって、またあるときはアデライードの魅力を崇拝する行為によって、それを表わしていたのだ。彼女に話しかけられて恍惚《こうこつ》となっているその様を、お追従《ついしょう》などと称することが果たしてできるものだろうか？　それは、賛辞などという手練《てれん》とはまったく別種の巧みさ、いわば愛からの賜りものなのだ。テオドールには、いやでもそういう魅力が備わっていたのだ。彼は自分の好むものの中で暮らし、心の動きに身をまかせることによって自尊心の僕《しもべ》となり、あたかも熟慮の末に辿《たど》り着いたかに思えるような行動を、無意識のうちにとっているようだった。そして、ルソーの作品に登場する、かのエミールのように、彼は彼女の望みをかなえてやることによって、彼女のために凱歌をあげていたのだ。

ついには、自分の好みの女性の生き方を美しく飾ろうとするあまり、その女性の快楽も栄光も幸福も、じつは、すべては彼自身が作り上げたものであったため、彼女が立ち去った瞬間、彼女を失うと同時に、自分自身をも見失うことになってしまうのであった。その女性が本来そなえている魅力も、彼によって生み出されたその女性の魅力も、そのふたつをともに見失ってしまうのだ。その後の生活に続くのは無だけ。彼女の存在とは無関係なものだと思っていた楽しみでさえ、彼女がいないときには雲散霧消してしまうのだった。

そうこうするうちに、テオドールの優しさには翳《かげ》りが見え、彼はしだいに夢想に耽るようになっていった。すでに抗しがたいほど彼に惹かれており、すぐにでも自分の本心を打ち明けたいという気持ちに駆られていることを幾度となく感じていたリニエール夫人にとって、ロスタンの沈黙はなんとも不可解であった。彼には特定のお相手がいるわけではないし、このわたしだってそう。ふたりを分かつ障害は何もないというのに……。これまで以上に無防備に、ふと露わになる彼の行動、彼の言葉、彼のまなざしは、それ以上ありえないほどの深い愛を告げているというのに……。ならば、彼の沈黙の原因はいったいなんなのかしら？

アデライードはそんな思いのたけを叔母に聞いてもらいたかった。オルファイユ夫人は、できるだけその話題に触れないようにしていたのだ。

やがて、ロスタンがやってくるのを待ちながら、せせらぎのほとりの仄《ほの》暗い並木道を散策していたある夜のこと、庭園と森を隔てているあずまやの近くにさしかかったときに、アデライードはオルファァイユ夫人にこう切り出した。

「ねえ、おばさまったら、どういうことなのかしら？　おばさまはロスタン伯爵のことをわたしには話してくださらないおつもりなの？」

「あの方のことなら、一時間前にも話し合ったでしょう？」と、オルファァイユ夫人は答えた。

「あの方の理解不能な行動を、わたしに説明してはくださらないの？」と、彼女は言った。

「わたしが解き明かさなければいけない謎とは、そもそもなんであるのか、わたしはまずそれを知らなくてはいけないわ」

「まあ、おばさまったら」と、アデライードは涙にくれて叫んだ。「わたしがあの方を愛していることもわかってくださらないなんて、もうわたしのことを愛してはくださっていないのね」

オルファァイユ夫人は彼女の動揺が嘘偽りのないものであることを知って、胸を打たれた。

「あなたにまかせるわ」と、彼女はアデライードに言った。「あなたの心があの方のそれにふさわしいものだと思えるのなら、わたしだって、あなたを思う彼の熱い気持ちに水を差したりはしないわ」

「わたしの幸せに反対なさっているの？　おばさまが？」と、アデライードは彼女に訊いた。

「どのような魂があなたに捧げられているか、それをあなたにわかってほしいだけよ！　どれほど傷つきやすく、どれほど繊細な魂であることか！　あの方があなたに託しているのは、あの方の命そのものなのですよ！」

「わたしの優しさだって、それにふさわしいものだわ。おばさまによってこの心に刻みこまれたわたしの信条だって、それに値するものだわ」

「あなたのことは心から評価していますよ。それどころか、あなたの情熱的な魂は、このうえなく優しい愛を抱きうるものだと確信してすらいるわ。でも、あなたは移り気で、軽率で、あなたの恋人、あなたの夫となる人は、あなたの心変わりにたちまち不安を覚えずにはいられなくなることでしょう。ロスタンのことはよく知っているの。他人に対しては、これ以上あり得ないほど完璧な人よ。でも本人にとっては、これ以上あり得ないほど不幸せな人なのです。心を萎《な》えさせるばかりの世間のせいで、彼の心は、いとも容易に疑念を抱くようになってしまったのよ。そして、彼の経験は、愛するという幸せから彼を引き離すことのないまま、愛する幸せを手に入れるのがいかに稀有《けう》なことであるかを彼に思い知らせただけだったのよ」

「おばさま」と、アデライードは応じた。「社交界で過ごしてきた二年をもって、このわたしのことを判断しないでいただきたいの。わたしだってあの頃のことが好きではなかったのよ。今は、ロスタンの心を手に入れることができないのなら、死ぬしかないと、そう感じているのよ。でも、彼がわたしを愛してくれているというのは、ほんとうに、本当のことなのね？」

彼女がまだ言い終わらないうちに、ロスタンが近づいてこようとしていた。

「おやおや」とオルファイユ夫人は、彼に声をかけた。「わたしの負けね。アデライードがあなたを愛していると信じることにしましたよ。あなたが彼女におこなう必要をあれほど強く感じている告白に、わたしも、もう反対したりはしません」

「ああ、私のアデライード！」と、彼は叫んだ。「聞いてほしい。私の愛をあなたに告げるのは、これがはじめてではありませんね。ずっと前に、すでに察してくれていたはずです。でも、どうか、私の魂を残らずあなたに解き放たせてください。今となっては、もはや、あなたを愛さずにいることなどできません。けれども、今ならまだ、前向きに考えてくれるよう、あなたの心に訴えることができるかもしれないという希望に縋《すが》らずにいることができます。ほんのすこしでよいのです。あなたのお心が、どうかしっかりと思いを巡らせてくれますよう！　あなたの手に私が委ねているのは、私の命そのものなのです。たとえわずか一日であっても、それほどまでに甘美な幻想を享受することができるのであれば、私はこの命を喜んで差し出すことでしょう。けれども、私を輝かせてくれるかもしれないその一瞬、私の死の直前となるかもしれないその一瞬、それはおそろしく残酷なものなのかもしれません。その危険に敢然と立ち向かう力が今の私にあるとは思えないほど残酷な……。

私はどこにいても幸福を追い求めてきました。私は四年もの間、ある女性の虜になっていたのです。貞節とはとうてい言いがたい人だったのに、自分が愛されていると信じこんでいたその人に不貞を働かれ、私は社交界から姿を消しました。なんの価値もないと思っているものであったとしても、魂にそなわった力の限りを尽くして、なお愛しつづけることができるというのであれば、あの時の私は命だって捨てていたかもしれません。

いくつかのささやかな関心事が私の人生を満たしてくれていました。時が流れてゆくことを惜しむわけでもなく、新たな日々を心待ちにするわけでもなく、私は徒《いたずら》に日々を過ごしてきました。私の魂は活動を停止していたのです。

あなたに出会ったのは、そんなときでした。幸福という観念が、想像ではなく、はっきりと私の前に姿を現わしたのです。私は思いました——あなたの裡《うち》になら、愛と徳の魅力をひとつ残らず見出すこともできるかもしれないと。あなたのことなら、陶酔するほどに愛することができるかもしれないと。あなたとなら、何にもとらわれずに相まみえることができるかもしれないと。神聖なる絆《きずな》を紡いだのは愛であったかもしれないけれど、それを寿《ことほ》いでくれるのが結婚というものなのかもしれないと。必要なのは、アデライードを愛することです。必要なのは、私と同じように、心の中だけで情念を感じとることなのです。かつて、あのような希望を抱いたせいで、私が経験することとなったあの心の慄《おのの》きを理解するためにも……。

あなたと会うようになり、あなたを愛するようになって、二か月が経ちましたが、ある恐れが私を立ちすくませているのです。その恐れを芽生えさせているのは、ひとえに私のこの性格なのです。アデライードの魂は傷つきやすく、穢《けが》れがない。彼女の恋人や夫となる人には、彼女に敬意を抱く理由しかみつからないはず。でも、私の心はそれだけでは満足できない。私の心は、どのような疑念もゆるすことができないのです。代わりに、私の心にはほとんど絶え間なく、不安が棲《す》みついているのです。私は嫉妬深く、怒りっぽくすらあります。ほんのわずかな翳りが差しただけでも、私の幸福は消えてなくなってしまうのです。私の想像力は陰気で、ちょっとした言い訳ひとつが私を絶望の淵に陥れてしまいます。大半の男たちは、財産や名声といったものに心を奪われていますが、私が不幸になるとしたら、その原因はひとつしかありません。私の力は、すべて私の心の中に集まっています。私が生きていられるか、死ぬことになるのか、すべてはこの心ひとつにかかっているのです。

いつの日か、あなたに今ほど愛してもらえなくなったとしても（今は愛されているのだと、図々しくも思っているこ とを、どうぞゆるしてください）、そのことであなたを恨んだりはしないでしょう。愛は非難によって取り戻すことはできないし、私の魂は、恨みに身を任せるには、あまりに繊細すぎ、またあまりに誇り高すぎるのですから。私は愛されなくなれば、死んでしまうでしょう。死ぬ、死ぬ、と、人はみだりにこの言葉を口にしますが、私は、本気です。その死の光景は、アデライード、あなたの心を引き裂くことになるでしょう。私がこのようなことを恐れる相手は、アデライード、彼女しかいません。その心を問いたい相手は、彼女しかいないのです」

この言葉は、いわば崇高な思いやりとでもいうものを持って発せられたため、アデライードは深く心を動かされたのだが、そのいっぽう、自分が心に抱いている感情にまかせて、こう叫んでいた。

「テオドール、私の愛はあなたのそれにふさわしいものです」

「ああ、神様！」と、彼は応じた。「それこそが、何よりも神聖な誓いです！ 幸福が昂《こう》じすぎて、私にはもはやその誓いに疑いをさしはさむことはできません」

滂沱《ぼうだ》の涙がその目から流れ出し、アデライードも法悦の極みにあった。オルファイユ夫人は、結ばれたふたりの手を握りしめた。三人とも、人間の魂が享受できるかぎりの幸福を経験していた。そのあと、心を鎮めて自分たちの至福をじっくりと味わった三人は、その最高の幸せを確実なものにする方法について話し合った。

生まれつき粗忽なところのあるアデライードは、テオドールのことばかり気にかけていて、その母親のことはあとまわしにしてしまっていた。その尊大な女性は、恋人たちふたりが予想もしなかった反感を彼女に抱いていたのだ。アデライードの喪が明けていなかったために、まだ再婚できないことはじゅうぶん心得てはいたものの、よもや反対されるとは思ってもいなかったテオドールは、翌日には、早々に覚悟を固めて、母にお伺いを立てたのだった。ロスタン大公夫人は、その結婚は今後もいっさい認める気はないと息子に言い放った。父から受け継いだ財産を友人のために蕩尽《とうじん》してしまっていた彼にとって、その損失を埋めてくれるのは母しかいなかった。テオドールは母からこのように拒絶されて、深い憤りを覚えた。母に深い敬意を抱いている息子が、苦い叱責をうけ、生まれてはじめて母のもとから逃げ出したのだ。

怒りと絶望が昂じ、血気にはやった彼は、リニエール夫人のもとを訪れた。話を聞かされた彼女は、即座に尋ねた。三十歳にもなって、自分の運命も意のままにできないのかしら、と。

「ああ、そうは言うけれど」と、彼は答えた。「私の財産は母次第で……」

「わたしの財産では、ふたりに不足かしら？」

「あなたのおっしゃるとおりです」と、彼は答えた。「だからといって、あなたのご厚意に甘えるわけにはゆきません。あなたを思いやる気持ちは、私の心の中にも溢れるほどあるのですから、あなたのお心に、それと同じお気持ちを見つけたからと言って、驚きはしませんが」

おそらくアデライードは、母に背くべきではないと、そう恋人に忠告すべきだったのかもしれない。しかし、この時のふたりの頭には、揃いもそろって、愛という道徳しかなかったのだ。

アデライードがロスタン大公夫人のもとに足を運ぶことは絶えてなくなった。いっぽう、伯爵のほうは一日の半分を恋人とともに過ごしていた。口に出すことのできない幸福のおかげで、その関心からもっとも遠いはずの仕事にさえ魅力を感じることができるのだった。

ついに、ふたりが結婚を約束したその日が近づいてきた。ふたりの秘密を、ただひとり打ち明けられていたオルファイユ夫人が、ふたりの結婚を取り結ぶのに必要な書類を取り寄せてくれていた。結婚の儀は極秘裡に進められる必要があった。アデライードの服喪、ロスタン夫人の反対、オルヴィル男爵の慎みのなさ、それらがあいまって、それだけ慎重に事を運ぶ必要があったのだ。すぐに不安に駆られる性分ではあったのだが、そのテオドールにもまったく懸念はなかった。うっとりするほど魅力的な恋人の心が今や自分のものとなったことを確信し、彼女を愛し、彼女に敬意を払う新しい理由を日々発見し、彼の人生のあらゆる瞬間が幸福な時を迎えていたのだ。

アデライードは陶酔状態にあった。彼女の心はテオドールのそれよりも、さらに感動にうち震えているようであった。彼女はすべてをさらけ出し、何ひとつ隠し事はしない人間であったのだから。

運命のその日の朝、テオドールは、ふたりがはじめて愛を誓い合ったあのあずまやへとアデライードを誘《いざ》なった。

「今夜、教会と法のもとで、あなたは私への愛を問われることになるでしょう。そして、それに劣らず厳《おごそ》かで、それよりもさらに愛に溢れたもうひとつの儀式が、あなたを永遠に私のものとしてくれますよう！　私たちの心がその存在を信じている神に、どうか誓ってほしい。私たちのような幸福は、その神によってのみ与えられるものなのですから……。あなたを愛してやまない恋人に、どうか誓ってほしい。その者にあなたの命を捧げることが、あなたにとっての喜びであると。私は、あなたの足元で誓います。あなたの愛と幸福にわずかでも変化が生じれば、この命を投げ出すことを！　私のアデライードよ、信じてほしい。これは、どんな誓いよりも、本物の誓いであることを」

「ええ、わたしもお誓いします。あなたなしでは、ただの一日だって、生きてはいないことを！」

オルファイユ夫人がやってきて、ふたりの話を遮った。

「神父様がお待ちですよ」彼女はふたりに告げた。

「ああ、なんのために神父様が必要だというのです？」とテオドールは声を上げた。「私は彼女の誓いをもう受け取ったのですから」

アデライードの心に、恐れる気持ちが湧き上がってきた。彼女の両膝は震え、両方の瞳から涙が溢れていた。彼女の幸福が彼女の持つ力を凌駕《りょうが》しようとしていたのだ。恋人のほうも震えながら彼女を支えた。「誓います」という、そのたったひと言、それをはっきり発音することができなかった。運命を決する、かけがえのない「誓います」のひと言は、ふたりが全身全霊をかけて表明したものだった。ふたりは支えあい、幸福のもたらす物憂《ものう》さに包まれながら、互いに言葉を交わす必要がないほどに心が通じ合っていることを確信しながら、ゆっくりと館に向かった。

オルファイユ夫人は、穏やかでありながら、同時に、寂しい気持ちで、ふたりを見守っていた。目の前のこの光景は、彼女に心の痛みを思い起させるものでもあったのだ。ふたりはそれに気づき、長く保っておくこともできたはずの沈黙を破った。ふたりは彼女を慰めることに心を砕いた。この地上にどのような不幸もあってほしくなかったのだ。この日のふたりにとって、オルファイユ夫人が他の誰かより特別な存在であったわけではなかった。誰のことも等しく愛おしく思えていたのだ。

ほかには例を見つけられないほどに、穏やかで、かつ情熱的な幸福に浸りながら、ふたりはひと月を過ごした。その間、オルヴィル男爵が頻々《ひんぴん》と姪に手紙を書いて寄越《よこ》し、パリにやってくることを約束させた。テオドールは母と妻との間で時間を使い分けることを余儀なくされていた。

冬が近づいていたある日、アデライードはパリで三か月ばかり暮らしてみないかと夫に提案してみた。この申し出に蒼《あお》ざめた彼は、一瞬黙りこくったが、その後まもなく、彼女の言うことにも一理あるかもしれないと答えた。このひと月、母親からもパリへの旅を勧められており、今の今まで断りつづけてきたのだけれど、その申し出を受けようと思うというのだ。

「この旅の計画が、あなたを深く悲しませることになるのかしら?」と、アデライードは言った。

「まさか」と、テオドールは答えた。「この旅はきっとあなたのお気に召すはずだ」

アデライードは、彼の顔に広がってゆく暗い影には気づかなかった。彼女は他者の心の動きを理解するよりも、自分の心の動きに敏感に反応する人間だったのだ。叔母をさんざん悲しませたのち、彼女は十八歳で旅立った。夫に熱を上げていながら、パリを再びその目で見られることにもすっかり心を奪われていたのだ。

パリに到着した日、オルヴィル男爵とも知らぬ間柄ではなかったテオドールは、夕食のために、その住いを訪れた。アデライードが一歩足を踏み入れると、サロンじゅうが歓喜の拍手に沸いた。田舎暮らしによって磨きのかかった彼女の美貌は、それだけの称賛に値するものだった。やがて、他のだれよりも先んじてアデライードを褒め称えるのは、その夫の役目となっていた。夫の優雅さと才知は、パリがそれまでに最高に輝かしいものだと認めたものを、ことごとく霞《かす》ませてしまうほどのものであった。ふたりが一緒にいるときには、互いにひきたてあい、笑顔を絶やすことはなかった。

翌日も、テオドールはアデライードに会いにやってきた。

「今の今まで」と、彼女は言った。「あなたほど、楽しみや陽気さをみんなに披露してくれた人はいなかったわ。あなたは社交界を好きにならなくてはいけない。あなたほど社交界にふさわしい人はいませんもの」

「私のアデライード」と、彼は応じた。「世間でこうしてもてはやされることには、とうの昔に関心を失ってしまったよ。あなたのお気に召すことのようだから、これからも社交界でうまくやってゆこうとは思うけれど、もうずっと以前から、社交界での成功など、私には嬉しくもなんともないのだよ」

未亡人だと思われていたアデライード、裕福で美しいアデライード――彼女は、人々の賛辞をほしいままにしていた。テオドールにたいする愛情が薄れたわけではなかったが、いつしか、社交界に惹かれる気持ちを、テオドールにたいする思いに無理やり結びつけるようになっていた。そして、社交界の花でいつづけるうちに、いつしか彼女の心を占有するものは愛だけではなくなっていた。テオドールが招待されていないかぎり、どこかのパーティーに彼女が姿を見せることはなかったが、ふたりきりでいるよりも、むしろ舞踏会に出かけたいと思ったことがなかったわけではない。彼女が自分の成功を彼に捧げてはいたが、それでも成功を欲していたのは事実だった。取り巻き連中がいても、彼に話しかけられれば、ほかのことはあとまわしにして、彼に答えることにしていた。けれども、踊ったり、会話の中で一身に注目を浴びたりすることに彼が眉をひそめることがなければ、ひと晩じゅうだって、そんなことに興じていたかもしれない。たしかに、テオドールなしには生きてはいられなかったかもしれないが、彼がいなくてもじゅうぶん楽しむことはできたのだ。

もしアデライードが自分のそんな変化に気づいていたなら、その瞬間には、もとの自分に戻っていただろう。しかし、彼女は、社交界が好きであること、社交界にいることが好きであること、そこでもてはやされること、それが特別なことだとは思っていなかった。自分の夫もそんな思いを共有してくれているものだと思いこみ、夫が自分と同じ感情を抱いていることを、これっぽっちも疑ってはいなかった。

テオドールの顔に悲しみの影が差すことにはじめて気づいたとき、アデライードは胸が塞がる思いで、社交界の楽しみをすべて犠牲にすると真摯《しんし》に申し出た。けれども、それがあまりに真剣な様子であったため、彼のほうがその申し出を受け入れようとはしなかった。互いの憂慮を完全に拭い去り、アデライードはふたたび、自分の関心を引くものにのめりこむようになっており、いっぽうのテオドールは、彼女にそうして欲しいと自分から頼みこんだ手前、ぜったいに口にできずにいた——自分が望んだからといって、そこまで忠実にその願いを実践してくれなくてもよいのに、とは。自分の好む対象に対して抱くもろもろの感情のうち、たったひとつだけはかならずおのれの心に秘めておくという、そんな決まりをもし一日自分に課すとすれば、その感情は本人の心の中に、はかり知れないほど強く刻みこまれるものだ。釈明、不平、非難などは、容易にその痕跡を消し去ることができる。けれども、沈黙というのは、それを自らに命じた者の心を食い尽くしてしまうものなのだ。

誇り高く傷つきやすいテオドールは、自分の魂の中に苦悩を溜めこんでいった。彼の気質は、その影響を蒙《こうむ》らずにはいられなかった。アデライードは彼に気晴らしをさせたいと思った。彼女が心を砕くのを目のあたりにし、自分の存在が彼女の重荷でしかないと感じたテオドールは、自分に向けられた関心を、さも無関心な様子で拒絶した。アデライードは自分の心遣いがなんの役にも立っていないことに傷つき、テオドールの不当さに憤慨したが、それだって、じつは、彼にたいする愛情のなせるものだったのだ。

互いの繊細さ、もしくは、傷つきやすさによって結ばれた無言の取り決めに従い、ふたりは一緒にいる機会を避けるようになった。アデライードには、自分が愛しているのはテオドールだけだという確信があり、テオドールには、アデライードとのことで自分は何ひとつまちがってはいないという確信があった。そのため、ふたりとも、いっさい弁明しようとはしなかった。時間もあり、愛もあるのだから、幸福な歩み寄りが生まれていたかもしれないのだ。運命の仕業《しわざ》によって、寂しさと気兼ねとが積み重なったあげく、テオドールの心に嫉妬が巣喰うようになってさえいなければ……。

アデライードは、いささか軽はずみに仲良くなった女友達から、若いエルモン伯爵に熱を上げていることを打ち明けられ、彼を頻繁に迎え入れてあげてほしいと頼みこまれた。そうでもしないと、あの方とお目にかかる機会がないのですもの、と。こと色恋の話となれば、聞き捨てにはできないアデラードは快諾した。テオドールがいつ妻の住まいを訪れても、いつもそこにはエルモン伯爵の姿があった。そのことを指摘されたアデライードは、秘密はぜったいに明かさないという約束を交わしていたために、不覚にも動揺してしまった。やがて、ある種の剣呑《けんのん》さがそこに加わり、信頼を遠ざけることとなった。アデライードは、テオドールが気難しすぎると思った。テオドールのほうでも、彼女が鈍感だと思い、彼女とは金輪際会うまいと固く心に決めた。

ちょうどそのころ、アデライードは妊娠していることに気づいた。

「なんてことかしら！」と、彼女は叫んだ。「あの人を連れ戻さなければいけないわ。あやまちの報いは喜んで受けましょう。パリを離れることにしなくては……。わたしたちふたりの幸せな日々が、また始まるのだわ」

テオドールが彼女のもとを訪れた。アデライードは彼の前に進み出たが、相手の冷ややかなたたずまいに、足が動かなくなった。友人のひとりが、事の成り行きから、何をまちがったのか、どうやらエルモン伯爵はリニエール夫人と関係をもったらしいとご注進に及び、テオドールの心を短刀でひと突きにしたばかりだったのだ。

テオドールは妻の貞操にはこれっぽっちも疑いを抱いてはいなかった。エルモン伯爵を迎え入れるのは、例の女友達が一緒にいるときだけ――そう装っていることをその目で確かめた彼は、彼女が心の葛藤に苦しんでいるものと思いこんだのだ。そんな苦い感情と、リニエール夫人の薄っぺらな虚栄心が彼の心に芽生えさせた苦悩とがあいまって、彼はこう確信するに至った――自分はもはや愛されてはいないのだ、と。そして即座に、しかも変わる余地のないほど固く、彼の心は決まった。

「私は、わが連隊に加わる命令を受けました」彼は彼女に告げた。「ただちに出発します。お別れをしに来ました」

たとえ稲妻に打たれたとしても、リニエール夫人の心はそれほど強い衝撃を受けることはなかっただろう。

「行ってしまいになるの？」と、彼女が訊く。

「そうです、行かなくてはなりません」

「それを私に告げるのに、どうしてそんなによそよそしい様子でいられるのかしら？」

「すぐにまた会えるでしょうから」と、彼は言い、やがて、いかにも屈託のない振りを装うと、あれやこれや関係のないことを話して聞かせるのだった。ふたりを結ぶ新たな絆が生まれたことを彼に伝えようとしていたアデライードは、彼の冷淡さに魂の底まで傷つけられ、深い沈黙を貫いた。

彼女が立ち上がり、ふたりは歩み寄った。ふたりが抱えている秘密は、いつ露見してもおかしくはないものだった。それなのに、不幸というのはどこまで貪欲なのだろうか、テオドールに固く沈黙を貫かせたのだ。やにわに遠ざかろうとする彼は、苦悩に苛《さいな》まれていた。

「アデライード！」彼は声を限りに叫んだ。「アデライード！　これでお別れだ！」

彼女は、最初は凍りついたように身じろぎもしなかった。やがて、彼に声をかけようと駆け出したが、その目に映ったのは、見る間に遠ざかってゆく馬車だけで、彼女の声も男の耳には届いてはいなかった。

彼女は急いで彼の住まいを訪れたが、彼が戻ってきた様子はない。彼の連隊が通るルートに人をひとり遣《や》ってはみたものの、そこにも彼が姿を見せることはなかった。彼の領地にも人を送ったが、なんの便りもない。絶望と不安とで取り乱した彼女は、叔父のもとを訪ね、自分が結婚したことを告白し、ロスタン大公妃のところに出向いて、子息の消息を訪ねてきてほしいと懇願した。

オルヴィル男爵は彼女の絶望など何ひとつわかってくれてはいなかった。

「旅にでも出たのだろうよ」と、彼は彼女に言った。「さて、それで、彼にどんな不都合が生じるというのだろうね？」

そう言いつつも、最後には姪を喜ばせるために、重い腰を上げてくれた。アデライードには一世紀の長さにも思われたのだが、その一時間後に、叔父は戻ってきて、こう言い放った。

「世の中には、お前の姑《しゅうとめ》さまほど嫌な女はいないね。あの女から引き出すことができたのは、お前を罵《ののし》る言葉と、息子を思って流す涙、それにこの短い手紙だけだ」

アデライードは逆上して、その手紙をつかみ取った。

「ふた月ほど留守にします。行き先をお伝えできないことを、母上、どうかおゆるしください。だれにも知られたくはありませんので。かならずまたお顔を拝しにうかがうことをお誓いします。ふた月後には、オルファイユ夫人の住まいの近くでもある、母上の領地に戻ってまいります。あなたの足元で生きるか、あるいは、息絶えるために……」

アデライードはその手紙を読みながら、気を失った。彼女の意識を呼び戻してくれたのは叔父だった。自分を慰めてくれようとする叔父を、彼女は拒絶した。自分のあやまちと自分の不幸の原因となったこの社交界には、それ以上耐えられなくなり、彼女はオルファイユ夫人のもとに身を寄せるべく旅立った。

道すがら、胸がえぐられるような問いをどれほど彼女は自らに課したことか！　良心の呵責にどれほど苛まれたことか！　テオドールをどれほど責めたことか！　やがて、幸福の証《あかし》そのものであったあの館に辿り着いた。先に手紙が届いているはずだったが、彼女を迎えに出てくれるものはだれもいない。オルファイユ夫人のこの冷淡な仕打ちは、彼女の心を悲しみで塞いだ。

彼女は広間に足を踏み入れた。オルファイユ夫人は立ち上がり、彼女を冷淡に迎えた。

「神様！」アデライードは叫んだ。「最後に残されていたのが、おばさまからのこのような仕打ちだったなんて！」

彼女がこの言葉を口にしたそのさまが、あまりに絶望にうちひしがれたものであったため、オルファイユ夫人も心をほだされて、お説教のひとつも彼女に垂れてやらなければなるまいと思った。

「なんて残酷な娘《こ》なの！」と、彼女は言った。「不幸なテオドールに、あなたはとんでもない仕打ちをしたのよ！　あなたの運命と彼の運命をひとつに結びつけておきながら、彼の傷つきやすい心を、想像を絶するほどのあなたのその軽薄さの犠牲にしてしまったのだから！　さあ、お読みなさい」と、彼女は声を荒らげた。

「この苦悩に満ちた手紙の中で、あなたに下された裁きを、さあ、お読みなさい！　彼にたいする正当な憐みと、あなたにたいするどうにもできない愛情との挟間で、わたしだって、身を裂かれそうなのですよ」

アデライードは、叔母には答えずに、その手紙に目を落とした。

「親愛なる叔母上さま、すべては終わってしまいました。人間にはおそらく過ぎたる幸福な時間は、この私から不幸に耐える力を永遠に奪い去ってしまいました。私の不幸を生んだその女性に宛てて手紙をしたためることはいたしません。恨み言、非難の言葉を漏らさずにはいられないでしょうから。彼女は自己弁護をするでしょうから。私もふたたび妄想に執着し、自分に生きることを強要することになるでしょうから。

ご存じのとおり、アデライードだって、あなたと同じように、私のことをよくわかってくれているはずです。愛する人の心の中に芽生えた変化の兆しも、私にたいする彼女の愛が決定的に失われたことも、私の目にはまったく同じひとつの不幸であると映ります。彼女の心変わりを、私は目のあたりにしたのです。彼女の貞節をとやかくいっているのではないのです。彼女の心は純潔です。私の魂は苦悩していますが、辛くはありません。失った人にまだ大いなる愛を抱くことができるのですから……。

けれども、彼女の心は以前と同じではありません。おそらく別の男性が彼女の心を射止めたのでしょう。そうでなくても、社交界というところが、彼女の目を夫から逸《そ》らせてしまったのです。私たちのためだけに生きていたあのアデライードは、もういません。ああ、おばさま、彼女の幸福にとって、私はもはやなんの必要もない存在です。ならば、生きていることになんの意味があるのでしょうか？

しばらくの間、私は山の頂上にひとりで行ってみることにします——空と大地の前で、自分の運命と、人がその存在に自ら終止符を打つ権利について、じっくりと思いを巡らせるために。幸福がなくても生きていけるというのであれば、愛《いと》しいものすべてから遠く離れて、自分に与えられている時間と力を、何か有用な仕事に注ぎたいと思います。自分の人生を、私の友人たちのためではなく、私のように苦しんでいる他の人たちに捧げたいと思います。その努力に足るだけの気力が自分にはないことがわかれば、あなたや母のそばに戻って、命を絶つことにします。永遠にこの目を閉じる前に、最後にもう一度だけ、彼女が通り過ぎる姿を見てみたい……そう思うかもしれません。さようなら　敬愛する方よ、さようなら」

アデライードの様子、それをどのように描写することができるだろう？　その姿を目にしているのが、なぜテオドールその人ではないのだろう？　オルファイユ夫人もその姿を正視することに耐えきれず、いつしか彼女を慰めることに心を砕いてくれるようになっていた。けれども、不安に満ちたその苦悩を和らげてくれるものなどあろうはずもない。アデライードは、彼のあとを追いたいと思った、かと思えば、そこにとどまりたいと言いだす始末。期待することも、とうにやめてしまっていた。恐れることに怯《おび》えていたのだ。どんな予定も立てることはできず、したがって、どんな予定も反故《ほご》にされることはなかった。悔恨が彼女の魂を引き裂いていることわにされる苦悩は、ありとあらゆる種類の気力を食い尽くしていた。あらゆる形で露は容易に見てとれた。しかし、人が自分の魂を読み解くことができるのは、自分には罪がないことをなんとしても明らかにしたいという熱意によるのであった。

オルファイユ夫人はテオドールにまた会えるからと、ぬか喜びさせるようなことは、あえてしなかった。

彼の情の深さを知りすぎるほど知っていたからだ！　とはいえ、二か月後には戻ってくると、彼はそう約束してくれていたのだ。アデライードにとって、こうして過ぎて行った日々はどのようなものであったことか！　彼女の不幸が、彼女をいかにその夫にふさわしい存在へと変貌させたことか！　これほど深く、これほど不幸せな感情が、自堕落さや虚栄心の跡を、いかにたやすく消し去ってしまうことか！　アデライードは、それでも期待する必要だけはずっと感じていた。この世には、前もって予想することのできない不幸というのも存在する。それは、つまり、死である。死のなんたるかを教えてくれるものは何もないのだ。

そんなある日のこと。アデライードとオルファイユ夫人がロスタンの城へと続く道を歩いていると、悄然《しょうぜん》とした様子で城から引き返してくる百姓たちに出会った。オルファイユ夫人は百姓たちを問い質《ただ》した。

「なんてこった！」と百姓たちは答えた。「わしらの、あのお若い領主さま、あの方のお変わりようをご覧になってくださいい！」

「みなさんのお若いご領主さま……ですって？」

「そうですとも、テオドール伯爵様のことですよ」

これを聞いただけで、アデライードはすでに気を失っていた。彼女は館に担ぎこまれた。かろうじて意識を取り戻すと、彼女はオルファイユ夫人の膝に縋《すが》りついた。

「なんということでしょう！」彼女は言った。「どうかお願い！　あの方のところにいらしてちょうだい！

あの方のもとで、わたしの潔白を示してくださいな！　あの方にこの手紙をお届けください！　エルモン伯爵を愛していたのはわたしの友であること、わたしの唯一のあやまちは、そのような秘密を受け入れてしまったこと。それを、この手紙が証明してくれるはずです。この二か月というもの、おばさまがその目でご覧になったわたしのこの絶望がいかばかりであったか、あの方に仔細にお伝えくださいな。洗いざらい教えてさしあげてください――わたしの胎内に宿っている子供のこと以外は！　あの方が子供の母親まで拒絶するようであれば、母子ともに消えてしまうしかありません。わたしの汚名を雪《そそ》いでください。ゆるしをもらってきてください。さあ、いらして！　そして戻ってきてくださいね。わたしがこのままどうなってしまうか、どうかお察しください！」

「あなたの言うとおりにしましょう」と、オルファイユ夫人は答えた。「あなたへのゆるしを得るのは容易なことでしょう。ええ、今となっては、あなたの心がどのようなものであるか、きっとわたしの話を信じてくれることでしょう。あの方は、あまりにもご自分の心に忠実すぎるだけなのです。ただ、あの方はたいそう変わってしまわれたと言っていたわね？」

「あのお百姓さんたちは、おそらく、あの方が身なりをかまわなくなったせいで……ああ、おばさま、あの方のところに飛んでいらして」

オルファイユ夫人はすぐに出立した。叔母が留守にしていた三時間のあいだ、アデライードは息もできないほどだった。心臓の拍動がドレスを波立たせていた。分が刻まれるごとに、物音がするたびに、感情がいやましに高まり、人間のもつ力を凌駕してゆくように思われるのだった。

　ようやくオルファイユ夫人が戻ってきた。はやる思いでその帰りを待っていたアデライードではあったが、叔母を出迎えにでる勇気がなかった。オルファイユ夫人が入ってきたものの、あまりにもぎこちない明るさを装っており、それがアデライードを怯えさせた。そんな無理をするくらいなら、いっそ、これ以上ないほど陰気な様子でいてくれたほうがましなのに……。とはいえ、叔母から話を聞かせてもらう必要だけが、今にも潰《つい》えてしまいそうなその命をかろうじて繋ぎとめていた。

「あの方はあなたをゆるしてくださっていますよ」と、オルファイユ夫人は彼女に告げた。「あなたを愛してくださってもいるのですよ。ただ、体調が思わしくないの」

「なんということでしょう！　天に感謝します。今この瞬間に、死んでもかまわない。で、あの方にはいつになったら会えるのでしょう？」

「まだ数日は待ってほしいというのが、あちらの切なるご希望よ」

「あの方の容態はどうなのでしょう？」

　こう尋ねた彼女の口調があまりにも沈鬱なものだったので、オルファイユ夫人は、なんとしても彼女を安心させなければいけないと思った。アデライードは何も答えず、深い夢想に沈みこんでいた。

朝の二時を迎えると、彼女は自分も眠りたいからと、叔母には部屋に戻ってもらった。しかし、曙光《しょこう》が射しそめると、まるで導かれるように、彼女はロスタンの領地に向かっていった。そして庭師のひとりを口説き落として、植え込みの中に身を隠した。そこは、毎朝ロスタンの母が食事をとりにくる場所だった。彼女は庭師には何も尋ねなかった。領主の近況を聞き出そうと、二十度ばかり口まで出かかった言葉は、その唇の上で二十度、消えてしまった。木立に匿《かくま》われ、彼女は自分の姿を見られることなく、目の前の様子を観察することができた。

午前十時、絶好の天気に恵まれる中、ロスタンの母が姿を現した。悲しげな様子で、瞼《まぶた》は涙で腫れあがっている。その十五分後、ふたりの男に支えられた人影がゆっくりと近づいてきた。その傷つきやすさのせいなのか、足取りはおぼつかないものにみえる。アデライードには、最初、それが誰なのかわからなかった。というか、人が拳《こぶし》で叩かれるのを避けるように、むしろ積極的に思い違いをしようとして、一瞬判断をためらったのだ。

けれども、ほどなくして、愛しいあの声の響きが耳を打ち、彼女は悲鳴を上げると、気を失った。その物音がロスタンを支えているふたりの男の注意を惹いた。ふたりは鬱蒼《うっそう》たる木々の間に分け入り、意識を失ったアデライードを領主のもとに連れて行った。彼の目に映っていたのは、なんという光景であったことか！

その母の目に、その光景はどのように映っていたことか！　アデライードがおそるおそる目を開けると、ロスタン夫人は激昂のあまり叫んでいた。

「わたしの息子の命を奪ったこの女を、わたしの目の前から葬り去っておしまい！　息子の妻と名乗るこの厚かましい女を、わたしの目の前から葬り去っておしまい！」

この言葉を聞いて力が甦ったのか、ロスタンは叫んだ。

「母上、彼女を侮辱するのはおやめください！　私の命、母上にたいする私の敬意が、そこにかかっているのですよ。私は、何をしでかすかわかりません」

「好きになさい」と母は息子に言った。「あの女の足元で息絶えるがいいわ！　それがあの女の望みなのですから。あなたとは、これでお別れね」

アデライードには何も聞こえていなかった。ロスタンをひたすら凝視し、すっかり面変《おも》わりしたその姿のうちに、生きている証《あかし》をなんとか見出そうとしていたのだ。ふたりきりになると、最初のうちこそ、ともに黙りこくるばかりだったのだが、アデライードが、やおら沈黙を破った。彼女はだれにも真似のできないほどの早口で、一心不乱にまくしたてた。おのが罪を認め、男の膝を抱きしめ、口にするのはただひとつ、愛の言葉だけだった。恋人がこれで納得してくれるかどうか――その一点に自分の運命がかかっているのだ。自分でもそう信じたかったのだ。

「ああ！　私のアデライード！」と、テオドールは彼女に答えた「正しくなかったのは、私の心のほうだったのだね。今では、あなたの心は穢れないものであると信じているよ。私たちの不幸の責任は、この私ひとりが負うべきものだ」

「わたしたちの不幸ですって？」と、彼女は声を上げた。「未来がそれを修復してくれることはできないのかしら？　わたしたちふたりを結びつけているこの絆、わたしがこの胎内に宿しているこの子は……」

「ああ、天よ！　この子とは！　あなたは母親になるのだね？」

「ええ」

「ああ、神様！」と、彼は叫んだ。「私をこの世に執着させようとなさるのですか？　私があなたにいったい何をしたというのですか？」

それだけ言い終えると、彼は激しい苦悩のせいで、力が完全に抜けてしまった。アデライードは悲鳴を上げ、人が駆けつけた。けれどもそこで目撃されたのは、なんとおぞましい光景であったことか！　そこに見て取れたのは、衰弱と死が容赦なく迫りくる、まさにその兆候であった！　アデライードの悲鳴を聞いて引き返してきたロスタン夫人は、嫌悪も露わに彼女を押しのけた。

「何をなさるのですか！　奥方さまは、ご自分のそんな振舞いを後悔なさることになりますよ！　わたしがこの方を愛しているかどうか、きっとおわかりになります」

意識を取り戻したロスタンが目にしたのは、その場に居合わせた人の顔に一様に差している恐怖の色だった。

「母上」と、彼は言った。「アデライードが私の傍《かたわ》らにいてくれることを、どうかお認めください！　彼女と別れることは、もうできません。ただ、ほんのすこしでいいですから、その前に医者とふたりきりで話をさせてください」

ロスタンは城に運ばれ、アデライードも無言のまま彼に付き添った。身を小刻みに震わせているその姿から、彼女の魂のありようは容易に見て取ることができたが、表情にはまったく変化はない。医者が入ってきて、すぐに部屋を出た。その間、彼女は扉から離れることができず、体をそこに預けていた。医者は彼女の前で足を止め、哀憫《あいびん》の念をこめて、その手を取った。

「わたしのことは打ち捨ててください」と彼女は医者に言った。「どうか、おかまいにならないでください。あの方の命を奪ったのが誰なのか、ご存じですか？　このわたくしなのです。どうか、もういらしてください」

ロスタンはその次に、母を呼んだ。彼女は憤怒《ふんぬ》の面持ちでアデライードの前を通り過ぎたが、ほどなくすると、涙にくれて部屋から出てきた。

「さあ、おゆきなさい。あの子があなたに会いたがっていますよ。ご自分のしでかしたことを、その目にしっかり焼きつけてくるのですよ」

「奥方さま、わたしはまだあと一時間は生きていなくてはいけません。それだけの猶予をお与えください」

そう言うと、彼女は、ロスタンの方を見ないように、そっと寝室に歩を進ませ、彼の傍らに腰を下ろした。

「私のアデライード」と、彼は言った。「勇敢で情に脆《もろ》いその魂に、私の気持ちをしっかりと刻みこんでもらいたい。私は、あなたにひどい仕打ちをしてしまったようだ。私のこのどうしようもない想像力は、あなたの心がまだ私の愛に応《こた》えようとしてくれていたというのに、自分はもう愛されていないと思いこませたのだ。苦悩と、さらに激烈な様々なできごとが私にはっきりと下した答え、それは、私の人生がもう終わったということだった。だからこそ、あの場所から戻ってきた私は、自分の心にとどめを刺す決心がついたのです。でも、あなたには隠しておけない。あなたの存在、あなたの優しさ、私たちの愛のその証《あか》しが、今、私の心の中に、後悔、残酷な悔恨を引き起こしているということを……。けれども、なんということだろう！　私の命の糸はもう繋ぎなおすことはできない。私の喪失に耐える術をあなたに教えることのできる唯一の存在はこの私です。だからこそ、私の口から、あなたにそれを告げたいと思ったのだよ」

「なんということでしょう！」と、アデライードは彼に言った。「あなたを殺《あや》めた女、あなたの心を短刀の一突きで貫いた張本人が自分よりも生き延びるだろうと、あなたはそう思っていらっしゃるの？　わたしは、あなたの仇を討たなくてよいのかしら？」

「私のアデライード、そうじゃない。まもなくあなたが母となるその子のことを、どうか尊重してほしい。

どうか、あなたにとってかけがえのない存在であった夫のイメージを、変わらず抱きつづけてほしい。どうか、その子を私の母に捧げてやってほしい。私が完全にいなくなることを、私の思い出があなたの心から消えてなくなってしまうことを、私の目鼻立ちがあなたの子供に遺されないことを、あなたは望んではいないでしょう？　どうか、そのようなあやまちを犯さないでほしい。私にそのような苦悩を味わわせないでほしい」

その言葉を聞きながら、アデライードは深い夢想に陥った。彼女は自分に言い聞かせていた。「そのとおりよ」彼女は思った。「この人の子供が、私にとって神聖な存在であることはまちがいない。これで彼の命を引き留めることができる。彼の死を遅らせることもできる……そうなのね！」

彼女は立ち上がって叫んだ。

「わかったわ！　テオドール、神の御前《みまえ》で、誓います。わたしはあなたの子供のことを、しかとお引き受けします」

「ああ、私のアデライード！　これで心安らかに永遠の眠りにつくことができる。あなたは、その子に命を与えてくれると、そう誓ってくれているのだね。その子に、惜しみなく心を砕き、育ててくれることを？」

「いいえ」と、アデライードは、けっして変わりようのない、揺るぎない決意にしか見いだされることのできない、断固とした、陰鬱な口調で答えた。「いいえ、わたしがお約束したのは、この子に命を与えることだけです。この子がわたしから授けてもらえるのは、それだけよ」

「アデライード、あなたは何を目論《もくろ》んでいるのだ？　アデライード、あなたは、この私に、心が引き裂かれそうなこの恐怖を、墓場までもっていけと、そう望んでいるのだろうか？」

「残忍な人ね！」と、彼女は叫んだ。「あなたが永遠にわたしの前から姿を消してしまったあのとき、あなたが、わたしたちふたりの命を奪ってしまう毒をご自分の血管に注ぎこんだあのとき、あなたはこのわたしのことを憐れんでくださったかしら？　わたしの愛するものを根こそぎ奪い、わたしの愛するものの命を奪う刺客《しかく》を差し向けておきながら、あなたはこのわたしに、これからも生き延びろと、そうおっしゃるの？　どうか、ゆるしてちょうだい」彼女は彼の膝に身を投げながら言った。「さあ、こんな悲痛な泣き言など、もう聞かなくてもよくなるはずよ。わたしは自分の運命に従います。でも、どうかご自分の心に問うてみてください。あなたのお心が、どうかあなたに教えてくれますように――わたしがいったい何に苦しんでいるのかを。どうか、あなたのお心があなたに禁じてくれますように――わたしに生きろと命じることを」

　彼女がこれだけ言い終えたとき、ロスタン夫人が部屋に入ってきた。テオドールは力を振り絞って、妻と子供のことをよろしく頼むと母に託した。苦悩に打ちひしがれていたこの不幸な母は、ひと言も口にできずにいた。彼女の激しさ、彼女の優しさ、彼女の欠点、彼女の美点、すべてが雲散霧消してしまっていた。

　アデライードはテオドールから片時も目を離さず、彼の呼吸が苦しそうになると、たちまち自分も息を切らせ、彼といっしょにこと切れてしまいかねない様子だった。突然、彼の顔から血の気が失せるのが見えた。

「テオドール！」彼女は声を上げた。

「アデライード！」彼は彼女に言った。「さあ、おいで。この心臓にあなたの手を当てておくれ。あなたのためだけに存在しているこの心に。自分の罪があるなどは思ってはいけないよ。私はあなたにわが子とわが母を残した――そう思ってほしい。みなさん、私を忘れないで……。これでお別れです」

彼はアデライードの胸に頭をがっくりと落とした。彼はまさにそこでこと切れた。母親が声を上げて助けを呼んだ。彼に近づこうとする者もいた。が、アデライードはその手ですべての人を制した。その場から彼女を連れだそうと、さらに力づくで試みるものも現れた。

「やめてください」彼女は言った。「彼をわたしにお預けください。彼がわたしの心臓の上で休みたがっていることは、みなさんにもおわかりでしょうから」

二十四時間の間、彼女はじっとその姿勢を貫いた。時々食べ物を頼み、注意しながらそれを口に運ぶ様子は、その苦悩の深さとはくっきりと対照をなしていた。オルファイユ夫人がやってきて、すでに息絶えた男の体から離れるように懇願した。

「早晩」と、彼女は言った。「彼が誰だったのかわからなくなります」

「そのとおりよ」と、アデライードは応じた。「醜く変わってしまった顔を人目に晒《さら》さないようにしましょう。

彼の最後の願いは、なんだったのでしょう？」

「あの方は、あなたたちふたりが再会したあの木立の中に墓を建ててほしい、そう望んでいました。こうも言っていらしたわ。できればあそこで生きてゆきたかった、と。自分の遺骸はあそこで安らぎを得るに違いないと」

「彼の言うとおりだわ」と、彼女は答えた。「そして厳かに葬儀を取り仕切るのが、わたしの務めなのです」

「あなたが？」

「ええ」

「なぜ、自分の心を引き裂くようなことを、わざわざしようとするの？」

「そうじゃないの、おばさま。わたしがこれから歩んでゆかなくてはいけない時間を埋めてくれるのは、葬儀をどう進めるか――それをあれこれと思案することなのです。どうか、やらせてちょうだい。わたしは、生きてゆきたいから。わたしは、胎内に孕《はら》んでいるこの子を産んでやらなくてはいけないのですもの。自分の心は自分で導いてやらないといけないわ。そうしないと、わたしの心は、いつなんどきわたしの手から滑りおちてしまうかもしれないから。ロスタン夫人のところに出向いて、わたしの存在が不愉快で我慢できないかどうか、訊いていらしてください」

オルファイユ夫人は戻ってきて、テオドールの母は彼女を快く受け入れてくれるはずだと伝えた。生まれて初めて、アデライードは彼女の部屋になんの恐れを抱くこともなく足を踏み入れた。ロスタン夫人は絶望のあまり身を震わせ、アデライードに会うことで自分の中に芽生えようとしている憎悪の念を、必死に押し殺していた。

「奥方さま、どうか無理をなさらないでください」と、彼女は声をかけた。「何をおっしゃろうとも、今のわたしの魂は、これ以上傷つきようがありませんから。あなたの憎しみもいつかは消えてゆくことでしょう。わたしが母親ではありますが、ご子息の忘れ形見を愛してくださると、どうかお約束なさってください。それだけで、じゅうぶんです」

アデライードの冷静さは、最初こそロスタン夫人を憤慨させていたが、彼女の様子を仔細に窺ううちに、どこか陰鬱でありながらも崇高なものがその人柄から滲《にじ》み出ていて、さしもの夫人もそれには心を動かされずにはいられなくなった。彼女のまなざしも、彼女の声も次第に和らいでいった。けれどもそれにすら気づかないアデライードは、ふたたび夢想に耽りながら、立ち上がり、庭に降りて行った。あの木立までやってくると、彼女は身を震わせた。しかし、すぐに勇気を振り絞り、悲しい記念碑である墓の建立を仰せつかっている男を呼び寄せた。

「どうか、できるだけ簡素なものしてくださいね」と、彼女は伝えた。「それがあの方の遺志に沿うことなのですから。そして、この墓には骨壺をふたつ置いてください」

「ふたつですか？」

「ええ、ふたつ。あの方もきっとそうしてよいと言ってくださったでしょから。このわたしのことをゆるしてくださったのですもの」

葬儀という運命の日を迎え、アデライードは、言語に絶するほどの気力を振り絞って、葬列の先頭に立った。葬列が止まったその瞬間、彼女が身を震わせるのがわかった。そして跪《ひざまず》いた彼女は、時間をかけて祈りを捧げた。やがて立ち上がると、彼女はオルファイユ夫人に請うた。

「わたしをここから連れ出してちょうだい。もう耐えられない」

館に戻ると、彼女はひどい高熱をだした。

「しっかり看病してくださいね」と、彼女はオルファイユ夫人に告げた。「今のわたしが置かれている立場を考えれば、死こそが、天がわたしにお与えくださる恩恵にほかならないとお思いになるかもしれませんね。でも、おばさまはご存じないけれど、わたしは約束を果たすために、生きてゆかなくてはならないのです。なんとしても、そうしないといけないのよ」

オルファイユ夫人の手厚い看護と、アデライードの理性とがその命を救った。ロスタン夫人も彼女のことをたいそう心にかけてくれた。アデライードは、そのことに心底痛み入っていたが、はっきりと言葉にすることはなかった。彼女は深い物思いに沈んでおり、そこから我にかえる時には、必ずといってよいほど感謝の念を表さずにはいなかったのだから。とはいえ、情に溢れたその気持ちも、どこか冷たいものであった。妊娠中の四か月の間、彼女が、夥《おびただ》しい数の手紙をしたため、休むことなく夫の墓の近くを散策し、寡黙に、自分に向けられる心遣いや愛情すら拒《こば》む様子で、たったひとりで過ごす姿がたびたび目撃された。彼女は黙々とロスタン夫人の世話をしていた。けれども、彼女がそうすることで愛されたがっているのではなく、ひたすらその幸せを願い、健康状態を回復してもらいたいと心から念じていることは、だれの目にも明らかだった。

そうこうするうちに、ある夜、彼女は陣痛の兆しを感じた。オルファイユ夫人が彼女に付き添ってくれていた。そして、この時はじめて、彼女は思わず声を上げていた。

「ああ、神様！」彼女はそう叫んだ。「いよいよ、最後の時がやってきたのね！」

オルファイユ夫人は、その真意を解してはいなかった。分娩の苦痛が何時間も続いたが、アデライードは苦しむ様子をいっさい見せなかった。彼女の思考はとうに使い果たされており、その魂は、このときすでに、彼女の身体から離脱してしまっていたのだ。彼女を取り囲むだれもが、痙攣《けいれん》するその神経と彼女の穏やかなまなざしが、あまりに鮮明な対照をなしていることに戦慄を覚えずにはいられなかった。

分娩を終えると、すぐに子供を連れてきてほしいと頼み、衰弱しきったその手を天に向けた。

「テオドール！」彼女は叫んだ。「ああ、わたしの愛しいテオドール！　約束は果たしたわ！」

そう言うと、目にも止まらぬほどの素早さで、彼女は寝台の枕元に隠し持っていた一摑みの阿片を口に含んだ。この四か月というもの、途切れることなく続いていた呆然《ぼうぜん》自失の状態からようやく脱した彼女は、ロスタン夫人とオルファイユ夫人に、自分の傍らに来てくれるよう請うた。

「この四か月の間、わたしが抱えつづけていたこの苦悩は」と、彼女はふたりに告げた。「それだけでもこの命にとどめを刺すのに、じゅうぶんだったかもしれません。けれども、もっと効き目の早い救いのおかげで、たった今、わたしの人生に終止符が打たれるのが早まりました。おふたりに、そのことをお伝えしなくてはいけません」

ふたりの悲鳴が彼女の言葉を遮った。

「どうか、わたしを悼《いた》まないでくださいね」と、彼女はふたりに伝えた。「ずっと前から、わたしはもう生きてはいませんでした。わたしの魂にはどんな感情も入りこむことはできなかったのです。愛するものは、もう何もありません。わたしの心はずっと冷え切ったままでした。もし、おふたりが、テオドールを失いながらなお生きながらえていたこのアデライードを、わずかでも思い出してくださるのならば、もし、おふたりが、わたしの罪深い軽率さが招いた不幸をゆるしてくださるのならば、お母さま、あなたのその子を、どうかお心にかけてやってください。あやまちの経験、不幸の経験がわたしの精神や魂をじゅうぶんに急《せ》き立てました。四か月の間、命を絶つ計画を抱きつづけた女は、人生を美しく彩ってくれる幻影抜きに、その人生を見きわめてきたのです。わたしがその子に宛てて書き記した手紙を、どうかその子に読んでやってくださいな。その子に、父親の話をたくさん聞かせてやってくださいな。その子がわたしの言葉を心に刻んで、どうか父親を真似てくれますように！　わたしのあやまちを知って、その子がわたしに憤慨するようなことがあっても、どうか、わたしの不幸とわたしの死が、その憎しみを消し去ってくれますように！」

彼女はそれからしばらくの間、衰弱する様子も、感情に流される様子も見せず、ただ話しつづけた。神と死と未来――それが、彼女が熟慮を重ねてきたその対象だったのだ。けれども、その脳裡をよぎる様々な思いが混乱をきたしはじめたその瞬間まで、彼女がその心の裡をはっきりと人に見せることはなかった。そして、その最後の瞬間、テオドールの名前、その母の名前、わが子の名前、愛しい叔母の名前、それらが、途切れることなく彼女の唇の上を彷徨《さまよ》うのだった。そして、あっというまに、彼女は息絶えた。死によってようやく解き放された人のように。

アデライードは、本人が望んだように、そして、彼女にふさわしく、その夫の傍らに葬られた。ロスタン夫人とオルファイユ夫人は、同じ後悔と、同じ望みによって固く絆を結び、決して離れることはなかった。ふたりは力を合わせてアデライードの遺した愛らしい息子を育て上げた。相手の優しさによって和らげられた意志の強さは、愛と不幸の結晶である薄幸なその子を一人前の存在に育て上げたのだった。

ポーリーヌの物語

焼けつくようなその気候のもと、もっぱら商売と荒稼ぎとに明け暮れていた男たちの大半は、思考力や感覚というものを、とうになくしてしまっているようだった。そんなものを持ち合わせていれば、自己嫌悪に陥ってしまっていただろうから。そのような中で、ポーリーヌ・ド・ジェルクールという名前のひとりの娘が、十三歳という年齢で、ある仲買人のもとに嫁いでいった。

たいそう裕福である上に、さらに裕福になることに貪欲なこの男の人生を占めていたのは、自分の農園と商売、それに旅、それだけだった。結婚を決意したのも、たまたまその時、黒人たちを大量に買い入れるために大金が必要となり、ポーリーヌの持参金がそれだけの資力を提供してくれるものだったからだ。親を亡くし、夫の友人であり、夫とまったく同じ類《たぐい》の後見人のもとで、ろくな教育も授けてもらえずに育てられたこの娘は、齢《よわい》十三を数えただけで、自分が結ぼうとしているこの婚姻の契《ちぎ》りがどういう意味を持っているのかも知らず、また、自分の現在や未来にじっくり思いをいたすことのまったくないまま、ヴァルヴィル氏の妻となったのである。

ポーリーヌは生まれつき愛らしく、感受性が豊かであったが、せっかく天から授かったその魅力も、その年ごろに教育によって育成されなければ宝の持ち腐れだ。本人の力で自らを高めることができるようになり、自分の経験をいかせるような年齢になって、人は自分が授かった魅力にあらためて気づくことになる。けれども、どれほど優れた気質に恵まれていたとしても、基礎的な知識によって護られていなければ、世間の洗礼をはじめて受けたときに方向づけられた流れには、なかなか逆らうことはできないものだ。

ポーリーヌはじつに美しかった。世の小説が私たちに想起させてくれる顔立ちの端正さや表情の魅力を残らず具現化している存在だった。その若さは、幼さと言ってもよいものではあったが、彼女が投げかける物憂げなまなざしは、その容貌をすでにはっきりと特徴づけていた。

彼女の不幸は、メルタン氏がヴァルヴィル氏の家を足しげく訪れていたことだった。三十六歳になるこの男、愛想がよく、才気煥発ではあったのだが、その頽廃《たいはい》ぶりたるや、並一通りではなかった。その魂にはごく基本的な道徳すら備わってはいず、道徳の欠落を埋めてくれるはずの思いやりの感情も皆無ときている。夫にかまってもらえず、日がな一日、時間も元気も持て余していたポーリーヌの相手をしてくれるのがこの男だったのだ。彼女の気を惹きたかったのだが、それが儘《まま》にならないことを彼はすぐに悟った。自分の力で彼女を誘惑するのが無理だと感じていた彼は、まずは娘に身を持ち崩させ、しかるのちに、その邪《よこしま》な手段によって、この娘を我が物にしてやろうと手ぐすねを引いていたのだ。ポーリーヌの年齢では、それを阻止することなどできようはずもない。彼は彼女を不幸の生贄《いけにえ》にしようとしていた。この男が意のままに行動していたのも、なるほど、女性の貞節をへとも思っていなかったからなのだ。

メルタンはポーリーヌを自分の従弟のひとりに引き合わせた。テオドールという名の、若く、感受性豊かな――すくなくとも表向きは――この若者は、それに加えて、人を惑わせるのに長《た》けていた。テオドールはポーリーヌを籠絡《ろうらく》しにかかる。小説を二、三冊ばかり読んだこともあったので、そこで用いられている言葉を弄して、彼女をたらしこみ、まんまと心を射止めることに成功する……というか、彼女の若い魂は、はじめて経験するその思いを忘れることができず、自分が感じているもの、それこそが愛なのだと信じこんだ。なにしろ、彼女は愛に飢えていたのだから。

テオドールは、その従兄にくらべれば、たしかに豊かな感性にも恵まれており、何よりも、不道徳な企《たくら》みの糸をあらかじめ張り巡らせておくようなことのできない男ではあった。ただ、メルタンの奸計《かんけい》にやすやすと引きずられてしまっていただけなのだ。仮に良心の咎《とが》めを感じていたとしても、それを従兄に悟られるようなことは、恥ずかしくてできなかったのかもしれない。自分がものにしようとしている女たちに対しては、まったくといってよいほど敬意を抱いていなかったので、女たちを相手に軽薄に振舞い、見事な踊りっぷり、歌いっぷりを披露してみせた。

ポーリーヌも、ことごとくその才に恵まれていた。彼女に対して施された教育も、唯一そういう点では手抜かりがなかったのだ。嗜好とお役目とがそんな風にうまく合致したおかげで、ふたりの仲は深まっていった。しかし、それ以上にふたりを結びつけるのにひと役買っていたのがメルタン氏のたゆまぬ計らいであったといえるだろう。真の感情というのは、おのずと芽生えてくるものだ。けれども、第三者の存在というのは、未熟な若者が憎からず思っている相手に向けて気持ちを燃え上がらせるのに、当のお相手よりも、よほど影響力が大きいといえるだろう。第三者が、誰かを好きになるように熱弁をふるって焚きつけたとしても、一見したところ、なんの得もないのだから、その言葉は当事者のそれよりもよほど説得力を持つことになる。人は、自分の目よりも、第三者の言葉のほうを信じてしまいがちだ。それがまやかしであるとは、夢にも思わないのだから。

そんなある日、メルタン氏は盛大な舞踏会を催した。ル・キャップ[001]の町じゅうの人が駆けつけた。ポーリーヌの美貌とテオドールの優美さに魅了されない者はいなかった。このふたりこそ愛し合う運命にあるのだと、だれもが口を揃えた。ふたりもそれを真に受けた。その日のテオドールは、心底、天にも昇る思いでいた。その破廉恥《はれんち》な謀《はか》りごとを相も変わらず進めようとしていたメルタンは、本気で恋に落ちるようになって以来すっかり臆病風に吹かれていたテオドールの背中を押していた。

火照《ほて》るような熱気を逃れて、ポーリーヌは庭に出た。テオドールもそのあとを追う。時が流れ、夜の帷《とばり》が降り、静寂が広がる。快楽と夜会の盛り上がりの魔法がとける。ポーリーヌは恥ずかしくなった。ふたりは袂《たもと》を分かった。彼女が逃れた先に見出したのは、困惑と絶望だった。その暴力的な激しさは、彼女がその年齢でもちうる力と冷静な思考を凌駕していた。男のほうは、幸せを感じるというより、むしろ動揺していた。ポーリーヌを、その人生の行く末をみずから背負いこむほどには愛していなかったが、だからといって、その幼い娘を脅かしつつある運命に無関心でいられるほどには冷淡ではなかったからだ。

そのような心境のまま、彼が向かった先は、従兄の家であった。従兄は相手の困惑を軽くしてくれるどころか、むしろそれを増幅させようと躍起になった。テオドールはかねてより独り立ちしたがっていた。今のままでは、どのような隷属状態を余儀なくされることになるのか――従兄は、誇張を交えてその様を描きあげ、それに比べて、目下フランスでお膳立てがなされている職に就けば、どれほどの利益があるのかを熱心に説き、すみやかに旅立つよう、力を尽くして従弟を口説き落とそうとした。もともと野心があり、それまでも自分の得になることをつねに優先させてきたテオドールは、その忠告に強く心を動かされた。

そのような気持ちのまま、ポーリーヌに会いに出かけた彼は、自分の目を疑わずにはいられなかった。あの幼い娘が、情熱的な恋する女に変貌していたのだ。舌足らずだったその言葉も、今では高貴きわまりない雄弁さに彩られていた。おそらく、こういうことだったのだろう――彼女は感情の赴《おもむ》くままに、ことさら気持ちを高揚させようとしていたのだ。自分の熱狂を盾にすることでしか、自分の犯したあやまちを些細なことと見過ごしにすることができなかったのかもしれない。けれども、彼女が、テオドールの目の前にこれでもかとばかりに突きつけたのは、およそ恋というものが想定しうるかぎりの、最高に理想化された、最高に現実離れしたものであった。そこに描き出された絵図は、彼女にたいする彼の気持ちを繋《つな》ぎとめるどころか、彼を怖気《おじけ》づかせるだけだった。

ポーリーヌは彼の冷淡さにショックを受けた。すぐさま、この上なく痛ましい苦悩に苛《さいな》まれるようになった彼女は、あなたがわたしと同じ気持ちを味わってくれないのなら、もう生きてはいられないと、そう言い放ったのだ。テオドールはその言葉の激しさに唖然《あぜん》とするほかなかった。しかし、その狂おしい情熱も、彼女の年齢や彼女の置かれた状況を思えば納得のいくものではある。その熱狂をとおして、彼は彼女の魂の中に、気高く純粋な動きを見出すようになっており、それが彼の心に哀惜《あいせき》の情を芽生えさせていた。とはいえ、ポーリーヌの苦悩にほだされて元の鞘《さや》に収まるにはとうてい至らず、その執拗さに辟易《へきえき》し、解放されたいという思いが募るばかりだ。

それからさらに二週間、彼は逃げだしたい誘惑に抗《あらが》いつづけた。男の心が自分から離れていっていることは、哀れなポーリーヌにもわかりすぎるほどわかっていた。けれども、愛されることさえ疎《うと》ましく感じるほどに自由でありたいと願っている男の心をつかめる技に、彼女はまったくといっていいほど通じていなかった。

彼女はとめどなく、長文の手紙をしたためた。手紙には、幼稚さを本来の年齢とは異なる年齢の感情に無理やり接《つ》ぎ木したような、不正確で風変わりな文体で、若く脆《もろ》い魂が描き出されていた。メルタンは彼女を慰めようと躍起になっていたが、彼の手に負えるようなことではない。突拍子もない計画が次から次に彼女の頭に浮かんでくるのだが、それだけの思いを受け止めるだけの力のないその身体は、いつ悲鳴を上げてもおかしくない状態だった。テオドールはそんな彼女のありさまに怖気づき、いよいよ彼女を捨てる決心がついた。嘆き悲しむ彼女の様子を注視するのにとうてい耐えられない脆弱《ぜいじゃく》な魂の持ち主であった彼は、彼女を幸せの絶頂に導いておいたうえで、そのもとを去るのがいちばん傷が浅いと判断した。

そこで、彼はフランスに向けて出航するのだが、それからの二か月を近隣の島で過ごすとだけ記した手紙をポーリーヌに宛てて送り、自分の秘密を明かさないようにと従兄に釘《くぎ》を刺すことも忘れなかった。その便りを受け取ったポーリーヌは、激しい絶望に襲われた。さしものメルタンも、彼女がそのまま息絶えてしまうのではないかと不安になり、身を尽くして彼女の看病にあたった。自らはりめぐらせたおぞましい筋書きのせいで彼女が陥ったその状況に、さすがの彼も不安になっていたのだ。

彼以上に女性を見くびっている者はいなかった。最初は女性たちに気に入られようとしていた男が、その結果、彼女たちに恥をかかせるようなことになったとしても、その男には自分を責めるいわれがあるなどとは一度も思ったことがなかった。女性たちに気に入られるか、女性たちに恥をかかせるかは、ただの偶然の違いだとしか思っていなかったのだ。この点に関する彼の見解は、他の点においても、彼の道徳の原理原則をさらに緩めることになっていた。というのも、道徳観念というものは、何かひとつでも欠けてしまえば、無きに等しいものであるからだ。にもかかわらず、彼は立派な紳士《オネットオム》として世間では通っていた。彼が残酷であり、背信を働くのは、女性に対してだけだったのだから。

夫は留守で、彼女のことを気にかけてくれる両親はすでになく、メルタンとのそれを除けば親しいつきあいもない幸薄きポーリーヌ。彼女は朝から晩まで、自分の不幸をかこちながら過ごしていた。彼女の評判を耳にして、すでに彼女と距離を置くようになった女性も少なくなかった。自らの若気の過ちを思い出すのがいやで、自分のことはさっさと棚に上げたうえで、人生のしょっぱなでしくじってしまった幼い娘と自分たちとは違うのだということを誇示するために、はっきり一線を引いてみせる女性たちもいたし、さもなければ、もう少し年齢の近い女性たちの中には、仲良くする相手を選ぶことによって、自分ひとりの取り柄だけではとうてい得られないような尊敬を集めようとしていた女たちもいた。

ほかにも、実のところはポーリーヌの美貌が妬《ねた》ましいだけなのだが、この一件を、彼女と同席しないための恰好の口実にした女性たちもいた。そして、魂の善良さを見せびらかせたい女性たちは、悲しげな声でこう口にすることで、心をひとつにするのだった。「ポーリーヌが、女性たちのなかでも群を抜いて軽率なのは、なんと残念なことなのかしら！　もちろん、彼女のことは大好きなのよ。だからこそ、彼女を糾弾《きゆうだん》するおそましい声ほど、このわたくしの心を苦しませるものはないわ……」

さも優しげに興味を抱かれることは、辛辣な批判をまともにぶつけられるよりも、ポーリーヌにはよほどこたえたことはまちがいない。まわりが自分のことをどのように噂しているのか、それがわかっていただけに、わざわざ世間に姿を見せようとはしなかった。教育もなく、打ち込むものも何もなかった彼女は、絶望を募《つの》らせるだけの孤独に、もはや耐えられなくなっていた。そんな彼女を見捨てなかったのがメルタンだ。深い苦しみから逃れられる唯一の方法は、別の恋をすることだ——メルタンは彼女を説き伏せようと躍起になった。彼女の口から後悔の言葉が漏れるたびに、彼は必ずこう繰り返した。その後悔を消し去るためには、幼いころからしみついている先入観を乗り越えさせてくれるような信条をもつしかないのだ、と。彼が奥の手として持ち出したのは、人生の残りを示す絵図だった。そのまま苦しみを引きずって、同じ思いにとらわれたまま終わりなき日々を過ごすか、快楽に身をまかせ、男たちにちやほやされて、変化に富んだ人生を送るのか……。

ポーリーヌの心は、そんなことでは容易に説き伏されはしなかった。いっぽう、絶望のあまりに混乱をきたしていたのだろうか、頭では、どこか納得するところがないわけではなかった——自分が今味わっている苦しさから逃れるためには、どのようなことでも試してみることが必要なのかもしれないわ。彼女は不幸を耐え忍ぶには幼すぎたのだ。不幸を乗り越えるには弱すぎたのだ。

やがて、二か月のあいだ苦悩しつづけたのちに、彼女のもとに届いたのは、フランスの消印の押された一通の手紙だった。そこに記された住所の筆跡はテオドールのものだった。彼女はそれを見て気を失った。意識を取り戻しはしたものの、この女性、この幼い娘は、二時間ものあいだ、手紙の封を切ろうとはしなかった。この手紙に記されているのは彼女の運命そのものなのだ。彼女の心を恐怖で凍りつかせていたのは、おそらくは愛の問題だけではなく、自分を待ち受けている運命への恐れ、メルタンが自分を道連れにしようとしている奈落の底への恐れだったのかもしれない。

やっとの思いで彼女は自分の運命を決する数行に目を落とした。そこに綴《つづ》られていたのは、フランスに到着したテオドールが、未来永劫その祖国を捨てようとしているということだった。さらにその手紙は、かつて彼女が情けをかけてくれた男のことは、その思い出とともに、ひとつ残らず葬り去ってくれるよう乞うていた。その冷酷さ、その侮辱的な言葉に、彼女は憤慨し、腹に据えかねていた。どれほど甘く、思いやりに満ちた考えをもってしても、どれほど心を慰めてくれるような記憶をもってしても、彼女の魂を満たしている苦さを和らげることはできない。

一週間、彼女は、道に迷った人のように、庭園を彷徨《さまよ》いつづけた。メルタンが声をかけようとしても、彼女はそれを拒絶した。動揺するその魂は、すでに狂気の状態にあるとしか思えなかった。

そんなある日のこと、彼女は、ついにメルタンに近づいた。その顔貌ときたら、幼いその顔立ちではとうてい表現できるはずのない、剣呑《けんのん》なものだった。

「聞いてください」と、彼女は彼に言った。「わたしはまだ十四歳にもなっていません。この一年というもの、わたしはおじさまに導いていただきました。わたしはまだほんの子供です。それなのに、苦悩のあまり息絶えてしまいそうなのです。おじさま、おじさまがその深みに沈めた地獄の淵から、どうかわたしを引き上げてくださいな。死んでしまわないためには、何をすべきなのでしょう？」

「お前を心から崇《あが》めている男を好きになることだな」

「おじさまを好きになれと、そうおっしゃるの？」彼女は応じた。「それは不可能です。不当なことかもしれないし、恩知らずの誹《そし》りも免《まぬが》れないかもしれません。けれども、おじさまとは隔たりを感じるばかりです」

「私のものになりなさい。今以上に不幸になることはないだろうから。両親もなく、友人もいないお前が、この先いったいどうしようというのだ？　その忠告によって、お前を導き、その心配りによって、お前が世間様から失った尊敬を取り戻させてやれるのは、この私しかいない。お前を愛し、お前を深く知り、お前のあやまちを裁き、それをゆるしてやることができるのは、この私だけだ。もしこの私まで離れていってしまったら、お前は後悔と不幸に身を投じることになるだろう。私だけが、お前の後悔と不幸を晴らしてやることができるのだよ。私だけが、お前を導いてやることができる。私だけが、お前の父親の代わり、夫の代わり、恋人の代わりをしてやることができるのだよ」

メルタンはこのような甘い言葉で、ひとつの魂を意のままにしようとしていたが、その魂が悪徳に抗《あらが》っていたのも、実は、深い考えによるものではなく、本能によるものだった。

「なんてことを言うのかしら！」ポーリーヌは思った。「そんなことをしたら、自分で自分に敬意が払えなくなってしまうし、苦痛を苦痛とも思えなくなってしまうわ……。あの人とわたしを結びつける絆がすべて断ち切られてしまっても、この先わたしがテオドールのことを考えたりすることはあるのかしら？　すぐに心変わりする軽薄な女性たちは、わたしのような苦しみに苛まれることはないのね。メルタンはそんな女性たちが幸福なのだと言い切るけれど……。彼女たちの幸福というのは、なんと恥ずかしいものなのかしら！わたしの運命は、この先どうなってしまうことやら！」

これが、ひとりぼっちのポーリーヌの脳裡をよぎっていた考えだった。赤道直下の燃えるような空のもと、孤独と絶望の中で、彼女の頭は正しい軌道をいつ外れてもおかしくはなかった。メルタンも必死だ。彼女を陥落させるのに、ここでしくじるわけにはいかない。それならもう見捨てるしかないぞと彼女を脅し、その行く末について彼女を怯《おび》えさせた。女性を、そして、とりわけポーリーヌを研究しつくし、身につけた手練手管を弄して、彼は彼女に暗示をかけ、彼女の判断力を奪い、激しい恐怖を味わわせることに成功し、彼女がほとんど理性を、命をも失いかけているのを、今、その目でしかと確かめた。

その瞬間、彼女の敗北は、ほぼ確実なものとなった。それにしても、事ここに到って、絶望しているというただそれだけの理由で、自分の支配下に身を置こうとしている幼い娘を前にすれば、どのような男だって、その娘を尊重してやらずにはいられなかっただろう。だが、メルタンはそうではなかった。

「そうね」と、ポーリーヌは震えながら彼に言った。「わたしは堕落した女だということなのね！　軽蔑のまなざしに晒《さら》されていたあの卑しい人たちも、わたしの同類ということになるのね。わたしには縁がなくなったけれど、その名前だけはわたしにとってかけがえのないものであったあの美徳に、わたしはもはや立ち戻ることはできないのね。ええ、かまわないわ。わたしの運命はおじさまに委ねます。わたしを絶望から救ってくださると、そう約束なさいましたよね。願いは、ただそれだけ。自分のためには、もうそれ以上のことはできません。おじさまの責任において、わたしの願いを受けてくださるかどうか、お決めください」

こう言いきると、彼女は男のもとを去っていった。彼は自分の勝利に半ば戸惑っていたが、心が咎めるのがいやで、それについて深く考えようとはしなかった。

一週間が経ったが、その間、ポーリーヌは激しい恐怖から、新しい愛人を拒絶しつづけていた。その原因は、良心の呵責にあったわけではない。彼女の魂は良心の呵責を覚えるほどには、あるいは、少なくともそれを理解できるほどには育っていなかった。メルタンを無意識に遠ざけていた原因とすべきものは、メルタンのふるまいにたいする恨みでもなかった。奈落へと身を投じたのは、ポーリーヌ自身であり、すくなくとも、彼女自身はそう信じていたはずだ。彼女を導いた手管は、彼女には見えていなかったのだから。

けれども、どうしても克服できない嫌悪感、絶望ゆえに甘受させられた選択にたいする恐怖、愛しているふりをしなければならないという責務、そして、愛が言い訳になるのであればまだしも、相手の女性を軽蔑する権利を有している男を愛さなければならないという義務感——それらが、ポーリーヌの心に、不安と、なんの魅力もない不幸と、甘美な思い出のまったくない後悔とをもたらしていた。ただ、それらが生じせしめる動揺も、虚脱感も、彼女はまだこの時点では経験していなかったのだが。

そのような困惑のさなか、いかなる願望を抱くことも、いかなる希望を育《はぐく》むこともゆるされない状態にあるときに、彼女は、ジャマイカから戻ってくる航海の途中で夫が遭難したことを聞かされたのだった。夫の遺言によって、彼女は莫大な財産を自由に使うことができるようになった。ろくに知りもしない男のために流す涙などなかった。わざとらしく悲しんでみせようにも、彼女の魂はそれすら受け入れようとはしなかった。他の人たちの目に触れることを意識して、自分にゆるすことができる範囲で、なんとか心をかきたててはみたが、なんの感情も湧いてはこなかった。自分の年齢、自分のあやまち、そして自分がひとり身になったことに、彼女は身を震わせた。

それとは逆に、財産をも視野にいれたメルタンは、誘惑の計画を一から見直すこととし、その一件に快哉《かいさい》を叫んだ。なにしろそのおかげで、愛人たちの中で群を抜いてきれいな娘を手に入れるに際して、考え得る中で最善の答えをみつけられることはまちがいなかったのだから。ポーリーヌの魂を貞淑なそれに戻すことは、赤子の手をひねるようなもの。自分の妻になることを決意させ、過去に犯したあやまちを盾にとって、自分との結婚がぬきさしならないものであると彼女に思いこませることは、これで確実になった――そう思いこんだのも無理はなかった。実際、ポーリーヌは不安に苛まれ、ひどく動揺してもいたので、結婚の申し込みを受け入れてもおかしくはなかったのだ。予期せぬ出来事が、彼女をこの最後の不幸から救い出してくれることがなかったなら……。

テオドールは、ル・アーヴル[002]到着後に重篤な病に罹《かか》ってしまった。身を惜しまずその看病にあたってくれたのは、近くに住んでいた、ポーリーヌの遠縁にあたるある中米生まれの女性だった。けれども、どれほど手を尽くしても、彼の身を襲った病の進行を押しとどめることはできなかった。死を覚悟した彼の魂に変化が生じた。というか、墓場の縁《ふち》で、あらゆる幻想がつぎつぎと消えてゆき、彼は、人生が、聡明な人間の目にそれと映っているはずのものであることを悟ったのだ。ポーリーヌの運命に思いを致して、彼は胸が熱くなった。憐みの気持ちから、自分の傍《かたわ》らに付き添ってくれているその尊敬すべき女性に、折に触れて彼女の話をし、従兄の奸計と品行がどのようなものであるかを詳《つまび》らかにし、さらにポーリーヌの手紙を見せることで、その関心を強くポーリーヌに向けさせた。

ヴェルスイユ夫人（というのが、彼女の名前だった）は気骨のある、すぐれて才気煥発な女性で、かつてポーリーヌの父親を愛したことがあった。両親に彼との結婚を反対されて他の男性と結ばれたが、幸福ではなかった。それでも彼女は貞淑に義務を果たしてきた。寡婦となってすでに四年。子供には恵まれなかったが、裕福で自立した彼女が移り住んできたのが海沿いの田舎町であった。同郷の人間から依頼された用向きを果たすために、たびたびル・アーヴルに足を運んでいたが、その都度、ポーリーヌの消息を尋ね、かつて愛し、今でも心から懐かしく思い出し、その思い出だけで夢想に耽《ふけ》ることのできる男の遺した娘に関心を抱きつづけてきた。

テオドールの話から、ポーリーヌが置かれている状況が危険なものであることを察知した彼女は、心をかき乱され、逆上しそうになった。悪事以外ならどのようなことでもできると信じているような人物だった。彼女は思い立つ。ポーリーヌを探し出し、自分の忠告によって救い出さなければ、と。

テオドールは、若く不幸な女友達のことをこの女性に託して息を引き取った。ヴェルスイユ夫人は彼の最期を見届けると、すぐに船に乗りこんだ。サン・ドマングに到着すると、ポーリーヌに関する情報を集めた。ポーリーヌが寡婦となったことを知り、すぐに自分と一緒に連れて帰ることができると思い、嬉しくなった。そもそもこの女性の名前は、ポーリーヌにも聞き覚えがあった。この島にもその評判は聞こえており、彼女がヨーロッパの地で、何人もの植民者に対して援助を惜しまなかったことから、その美徳と高い知性を知らぬ者はいなかったのだ。

彼女はポーリーヌの住まいを訪れた。メルタンが街に出かけていて留守にする時間をあらかじめ調べ、その時を狙ってポーリーヌに話を持ちかけたのだ。ポーリーヌは興奮を抑えられず、最初はその来訪に驚き、うろたえたが、彼女がすべてを承知しているらしいことを確認すると、この女性こそが自分の良心そのものであると思った。ヴェルスイユ夫人から最初に告げられたのが、テオドールの死だった。身が震えるような悪寒が走り、涙が溢れだしたが、それは悔恨にも、また哀惜にも似たポーリーヌの心の激しい動揺の証《あかし》にほかならなかった。

ヴェルスイユ夫人は、死のまぎわに彼がしたためた手紙を手渡してくれた。彼は、彼女の運命に関心を抱いてくれている、その尊敬に値する女性の忠告に全面的に従うよう勧め、従兄とのつきあいをいっさい断つよう懇願していた。その手紙は、優しさに溢れた短い言葉で、そして何よりも、道徳の観念と改悛《かいしゅん》の念とに導かれて辿《たど》り着いた深い思いによってしめくくられていた。

ヴェルスイユ夫人は、時間が経つのも忘れて、ポーリーヌに話して聞かせた。一心に耳を傾けているポーリーヌは、けっして忘れえぬ印象を受けた。彼女の魂は成長し、それまでは不確かで混乱していたその感情も、霧が晴れたようにすっきりと整理され、落ち着きを取り戻していった。彼女がその時耳にしていたのは、未知のものではあったが、それまで聞きたいと熱望していた言葉だった。それまでずっと探し求めていた道が、自分の目の前に開かれてゆくのが見えていた。それまでキマイラのごとき妄想だと思いこんでいた人物、頭の中に思い浮かべることはあっても、その実物にはついぞお目にかかったことのなかった人物が、ヴェルスイユ夫人という存在として、自分の目の前に姿を現わしたのだ。

最初は、純粋に至福の念に浸っていた彼女だったが、不意に、自分が犯したふたつ目のあやまちに思いが至ったのだろうか、やにわにヴェルスイユ夫人から身を遠ざけると、こう叫んだ。

「だめです、マダム。わたしには、お心にかけていただく資格はありません。わたしは、メルタンによって、さらに堕落させられた不幸な女なのです！　ここまで身を堕としてしまったのですから、今となっては何をもってしても、立ち直ることはできません。この恥辱を雪《そそ》ぐためには、あの男のもとに嫁ぐしかないのです！」

「なんと血迷ったことを！」とヴェルスイユ夫人は声を荒らげた。「あなたはまだ十五歳にもなっていないのよ。それなのに、尊敬することもできない男に嫁《か》すという重い罰を、自らに課そうというの？」

「でも、わたしは世界じゅうから軽蔑されてもしかたのない身なのです。自分でその種を蒔いたこの不幸、これを拒否する資格がないのは、あの男だけなのです」

「あなたはまだこんなに若いのよ。それに、唆《そそのか》されて犯してしまったそのあやまちにだって、気持ちの上ではほとんど加担したとは言えないわ。それなのに、あなたは、そのあやまちを贖《あがな》うことができないと思っているの？」

「ぜったいに、ぜったいに無理です。犯したあやまちを恥じる気持ちは、けっして拭い去ることのできないものです」

「ちがうわ。ポーリーヌ」ヴェルスイユ夫人は言った。「あなたの恥辱など、わたしの目には、もはや無きに等しいものとしか映ってはいないわ。未熟だったあなたに仕掛けられた罠《わな》からあなたを守ってあげることができたはずの、あなたのお父さま――あの方の徳の名にかけて、そして、あの方の思い出と、あなたの存在がわたしの心に芽生えさせたこの愛情の名にかけて、どうか、わたしについてきてちょうだい。別の国に行きましょう。広大な海を越えて、そして、ほかにもっといろいろなものを越えてゆくのよ。幼年時代と青春時代、本来ならその間に受けるべきであった徳高い教育を受けるのです。あなたの生まれたこの国を、このわたしが、かならず忘れさせてあげるわ」

ポーリーヌは心を揺さぶられた。ついには説得に応じ、その膝に身を投じると、彼女についてゆくことを誓った。

「いいわね」彼女はポーリーヌに念を押した。「この秘密は、メルタンにはぜったいに内緒にしておかなくてはだめよ。あの男には、気前の良い態度をおとりなさい。あなたの財産はあの男にまかせているのよね。その管理は引き続き彼にやらせてあげればいいわ。簡単な手紙をお書きなさい。でも、あなたにまた会えるという期待をいっさい封じる、そんな文面にしなくてはいけないわ。明日、彼が留守にしている隙に、わたしの家で落ち合いましょう。わたしが今、サン＝ドマングに来ていることを、彼は知らないはずよ。二日後にはここを出発し、三日後には、あなたは苦悩とも恥辱とも完全に袂を分かつことができるのよ」

ポーリーヌはすべてに同意し、ある種の喜びに浸ってその日一日を過ごした。そのときまで、熟慮するということがなかったせいで、自分が犯したあやまちの記憶が生み出す不幸にまで考えが及ぶことはなかったのだ。そして、今、すべてが償《つぐな》われたように思えるのだった。メルタンを前にすると身が震えたが、ひどい頭痛を言い訳にして、本心を偽らずに済ませようとした。本心を偽ること、それは彼女のまだ知らない罪深い技であった。この技の実践を余儀なくされるのは、道ならぬ恋を知ったとき。そして、おそらく、これ以上に重い罪はないのではないだろうか。

その翌日、取り決めておいた時刻に彼女は徳高き恩人の家を訪れた。彼女が入ってくるのを見たヴェルスイユ夫人は歓声をあげた。

「まあ、ほんとうに、よく来てくれたわね。うれしいわ！」

その翌日、ふたりは船に乗りこんだ。順調な航海のおかげで、ほどなくしてこの魅力的な家に到着した。ヴェルスイユ夫人がル・アーヴルの港から一里ほど離れたところに所有しているこの館は、一方が海に面し、もう一方には深い森が広がっている。その森のせいか、気を滅入らせるような陰鬱な感じのする場所でもあった。

この屋敷で、ポーリーヌは自分の父の肖像画を見つけた。この屋敷で、ヴェルスイユ夫人は、段階を追って、ポーリーヌを啓蒙し、魂を高揚させることに努めた。彼女の教えのもとになっているのは厳格な道徳だけではなかった。悔恨によって大きな苦痛を与えることのないよう、彼女は心にたいする配慮も忘れなかった。そもそも彼女自身、愛した経験をもつ、傷つきやすい女性だったのだから。その記憶とその美質のおかげで、彼女の徳には、どこか優しい、他者への思いやりの気持ちとでもいうものが兼ね備わっていたので、その徳を恐れるには及ばなかった。不幸と愛――このふたつの言葉の持つ、深く、恐ろしい意味を、彼女は知りすぎるほど知っていた。涙を流す人、愛するのにいまだふさわしくない年齢で愛することを知ってしまった人を、決して拒絶しなかった。

にもかかわらず、ポーリーヌの陽気さは増すどころか、日ごとに影を潜めていった。ヴェルスイユ夫人が魅力たっぷりに説いて聞かせる完璧な道徳を耳にするうちに、彼女は過去の自分の生き方が、おぞましいものに思えてしかたがなくなるのだった。心優しき家庭教師となった女性は、自分の犯したあやまちにたいする娘の罪の意識をすこしでも軽くしてやる必要を痛感していた。ポーリーヌはヴェルスイユ夫人と一緒に、ごもっともとしか言いようのない完璧な格言が盛りこまれた作品を読んでいるときに、急に夫人のもとを離れて、森の奥に駆けこむこともあった。ヴェルスイユ夫人が探しにゆくと、彼女は地面を涙で濡らしているのだった。小説も何冊か読んでみたのだが、その際に、彼女がヴェルスイユ夫人に自分の気持ちを吐露することも、一度や二度ではなかった。

「この人たちは、少なくとも、思いやりという掟《おきて》には従ったのですものね。この人たちは、愛を言い訳にすることができたのですものね」

悔恨の情によって打ちのめされたその魂を高揚させることには、さしものヴェルスイユ夫人の力もまったく及ばなかった。もっとも徳の高い女性と、もっとも罪深い女性とが、ポーリーヌの中に同居していたのだ。現在と切り離すことのできない過去が、彼女に絶えずつきまとっていた。ひとりでいるときには、いつも時間を潰すだけで精一杯だった。思い出も希望も、彼女には等しく禁忌の対象だったのだ。どうして喜んで夢想に耽ったりすることができただろう？　ヴェルスイユ夫人のためにあれこれ気を配り、彼女の慈善事業に手を貸し、またみずから善行を施すことで、慈善事業を盛りたてているときの彼女は幸福そうだった。けれども、些細な言葉をきっかけにアメリカ[003]のことが思い出されると、彼女はたちまち絶望の淵に沈んでしまうのだった。

そんなある日のこと、ヴェルスイユ夫人は、ポーリーヌにぜひ話しておきたいことがあると切り出した――自分の青春時代について、愛する幸せについて、そして愛される必要について――。ポーリーヌはその申し出を、嫌悪も露わに拒否した。

「誰かに白羽の矢を立てたところで、その人に自分の恥を晒すべきなのか、隠すべきなのか、いったいどちらなのでしょう？　どちらにしても、死んでしまったほうがましです」

この言葉にたいそう力をこめたせいで、言い終わったあとも、当の本人はかなり長いあいだ動揺していた。

そのため、ヴェルスイユ夫人はその陰鬱な考えに反論するのを控えて、むしろ、なんとか彼女の気を紛らわせてやろうと思った。

ヴェルスイユ夫人は年若い友人を厳しく責めるどころか、じつは、彼女を結婚させてやりたいと考えていたのだ。そうすることで、子供時代の最後の一年を、永遠に忘却の彼方に葬り去ってしまうことができるだろう、そう思っていたのだ。ポーリーヌが暮らしている新しい世界は、その計画にはうってつけの場所だった。人生のいかなる時にも、強い精神と完璧な道徳とがつねにヴェルスイユ夫人の行動指針となってきた。そんな彼女には、若くて小心翼々とした魂の、度を越した脆さは、美徳ではなく、むしろ良心を逸脱するものであるとしか思えなかったのだ。ただ、彼女がポーリーヌに及ぼす支配は、今のところそこにまでは及んでいなかった。自分自身が一度も外れたことのない名誉ある道へポーリーヌを引き戻すことまではなんとかできたのだが、過剰ともいえる娘の悔恨と後悔が夫人の前に立ちはだかっていた。

そんな風にして、四年の歳月が流れた。その間、ヴェルスイユ夫人のお供をしてル・アーヴルに旅する決心を、ポーリーヌはまだ一度もつけられないままだった。男性の姿を目にするかもしれない――そう思っただけで、恐ろしくてたまらなかった。ひたすら読書に励み、ヴェルスイユ夫人と親しく交わることが彼女の喜びとなっていた。彼女はありとあらゆる知識を吸収し、数々の様々なやり方で知性を深めた。その美貌は孤独という休息を得て、さらに磨かれていった。

十九歳という年齢を迎え、ポーリーヌの完成された存在は、他に類をみないものであった。夢見がちで野性的なところが垣間見え、その容貌にはどこか現実ばなれした趣が加わっていた。だれもが感嘆のあまり、最初の誉め言葉の代わりに、驚きの声を上げずにはいられなかった。

そんなある時、ヴェルスイユ夫人はル・アーヴルへの旅に出た。いつものように同行を拒《こば》んでいたポーリーヌのもとに、友が高熱を出して苦しんでいることを知らせる手紙が届いた。不安に駆られ、彼女はついに旅立つ決心をした。到着してみると、夫人はすでに快方に向かっていたため、すぐにでもひき返したいと思ったのだが、夫人はいやがるポーリーヌをひきとめた。けれども、来訪者があると、彼女は慌ててアパルトマンに閉じこもってしまう。

夜になって、ヴェルスイユ夫人はそのことに苦言を呈したが、その折に口にしたのが、彼女のそんな振舞いが、ル・アーヴルに駐屯している竜騎兵[004]の連隊長エドゥアール・ド・セルニー伯爵の好奇心と興味をかきたてたらしいという話だった。この若者の話を娘に聞かせる夫人は、たいそううきうきしていたが、ポーリーヌはほとんど興味を示さなかった。とはいえ、夫人の意向には逆らえず、その翌朝、彼女はド・セルニー伯爵から招待されていたある催しに出かけることにした。

遊歩道には、はじめのうち、数多くの女性たちが馳せ参じていた。女性たちのだれもがド・セルニー伯爵に夢中だったのだが、そのお眼鏡に特にかなう女性はいなかったようだ。二十五歳という年齢だったが、彼はそのほとんどの時間をひとりで暮らしていた。何よりも勉学を好み、その振舞いよりは、その顔に現れる表情によって、人は彼の思いやりを実感することが多かった。友情や恋愛は彼の人生を満たすものではなく、彼と繋がっていられたとしても、その絆は、どうやら親切さや優しさの域を出るものではないらしい……。ヴェルスイユ夫人は広場を歩きながら、彼のことをポーリーヌに、こんな風に描写してみせた。

けれども彼女は、ポーリーヌの後ろから、町じゅうの若者たちが列をなしてついてきていることには気づいていなかった。

「なんて美しい人なのだろう！」

男たちは歓声をあげ、先を争って彼女を取り囲みはじめ、あたりは次第に騒然となってきた。ポーリーヌはひどく動揺し、夫人に言った。

「どうしてわたしをここに連れていらしたの？　ほら、サン＝ドマングでみんながさんざんわたしに繰り返していたのとなんら変わりがないわ。あの声を耳にするたびに、わたしは身の毛がよだつのです」

群衆の数は膨れあがっていった。やるせなさと激しい恐怖のあまり、ポーリーヌはもう耐えられなくなっていた。と、その時だった。エドゥアール伯爵が人ごみをかき分けて、彼女のところにやってきたのだ。彼女の狼狽《ろうばい》ぶりに気づいた彼は、彼女に手を差し出すと、彼女を隣の館へと誘《いざな》った。

「マダム」と、彼は彼女に声をかけた。「あれだけの賛辞が恐怖しか引き起こさないというのは、まったくはじめて目にする光景でしたよ。どうやら、称賛から逃れたいとお望みのようですから、不躾《ぶしつけ》ながら、この階段にお掛けいただいてはいかがでしょう。数名の兵士たちに取り囲まれていますので、群衆も近づいてはこられないでしょう」

ポーリーヌは黙ったまま、軽くお辞儀をして彼に応じた。なにしろ、四年の歳月が流れる間、完全に引きこもり、孤独のうちに過ごしたあとだった。あれほどの悲痛な記憶に苛まれたあとだった。世間というものを目《ま》のあたりにして、まだ震えが止まらなかったが、彼女はヴェルスイユ夫人に従って、彼女とともに、そこに拵《こしら》えられていた階段状の桟敷に身を置くことにした。わずかに安堵《あんど》した彼女は、エドゥアール伯爵にたいする感嘆の念を禁じえなかった。彼の魅力的な容貌は、感性の豊さと豪胆さを同時に体現していた。微《かす》かに青白いその肌には興味をそそられずにはいなかった。また、そのまなざしに見え隠れする表情は、勇気と誇りとによって生き生きとした精彩をはなっていた。その口から発せられる巧みな表現が、その顔立ちをさらに際立たせており、金髪の髪、その肌の色、その長い睫毛《まつげ》は、優しさや臆病さを魂の勇猛果敢さに完全に溶けこませているのだった。

一時間近く、彼はえもいわれぬほどの優雅さで、竜騎兵たちの陣頭指揮にあたっていた。ポーリーヌの前を通るたびに、敬意をこめた表情で彼女に敬礼してくれるのだが、その姿は古き時代の騎士を髣髴《ほうふつ》とさせるものであった。この軍事演習もまもなく終わりを迎えようとしていたのだが、最後の前進移動のさなか、ひとりの竜騎兵の悲鳴が響いた。連隊の一部がその竜騎兵を踏みつけて通っていったのだ。若いエドゥアール伯爵はその叫びを聞いてすっかり動転し、自分が冒そうとしている危険を忘れてしまった。引き返そうとして、突っ込んできた騎兵隊の勢いで自分も落馬させられ、馬群の下に消えてしまった。

ヴェルスイユ夫人は恐怖のあまり、慌てて前に飛び出した。ポーリーヌも、それに劣らぬ強烈な思いに駆られていた。けれどもそんな自分が信じられず、そのあとを追う足取りはまどろっこしかった。ただ、その心は逸《はや》るばかりで、夫人のそれよりもずっと前のめりになっていたのだが……。竜騎兵全員が呆然として馬から降りていた。エドゥアールが身を挺して救おうとした竜騎兵は軽傷を負っただけで、絶望のあまり、みずから命を絶とうとしていた。エドゥアールには意識がなく、胸に受けたかなり強い打撃によって息が塞がれてしまっていた。

彼は、その一角に寄宿していたヴェルスイユ夫人の館に搬送された。外科医たちが駆けつけた。エドゥアールの傷を診察すると、医師たちはすぐに館の外に出て、入り口を取り囲んでいた連隊の面々を安心させた。ポーリーヌは医師たちに質問しようと歩み出たが、けっきょくひと言も発することはなかった。彼女の表情が、その思いをじゅうぶんに代弁していたため、医師たちは何も訊こうとしない彼女に、こう答えてくれた。

「傷は憂慮すべきものです。とはいえ、治療によって彼を救うことはできると思います」

この答えを聞いたポーリーヌはすっかり夢見心地となり、最初は自分が二十名もの将校たちの中のただひとりの女性であることにも気づいていなかった。けれども、不意にそのことを自覚すると、慌てて自分の部屋に逃げこんだ。

自分のアパルトマンに戻った彼女は、己《おの》が魂の震えに怯え、自分が抱きつつある好意に慄然とするばかりだった。最初に犯したあやまちの記憶から、永遠に消えることのない自己不信に陥っていた彼女は、なんの汚点もない徳の高い女性の千倍も臆病になっていたのだ。そのため、彼女はエドゥアール伯爵の様子を訊くために誰かを使いに出すことも控え、度の過ぎた良心の咎めから、無駄に懊悩《おうのう》を繰り返しながら、五時間もの時を過ごした。

エドゥアール伯爵の傍らを片時も離れることのなかったヴェルスイユ夫人は、そんなポーリーヌを呼びにやった。彼女は降りてきた。ヴェルスイユ夫人はポーリーヌがさっさと部屋を出て行ったことを咎め、意識を取り戻したエドゥアール伯爵が、彼女の姿が見えないことに不満を漏らしていたことを伝えた。

「わたしといっしょに、あの方を見舞ってさしあげなくてはいけないわ」

そして、ヴェルスイユ夫人は、こうもつけ加えた。「町じゅうの女性たちが勢ぞろいしている中で、もしあなたが姿を見せなければ、さぞ非難轟轟《ごうごう》でしょうね」

ポーリーヌは何も言い返せず、震えながらヴェルスイユ夫人につき従った。エドゥアール伯爵の変貌ぶりは甚だしく、その姿を目にした者は胸を痛めずにはいられなかった。女性たちは、だれもが同情の気持ちを隠そうとはせず、自分をよく見せるためなのか、はたまた、エドゥアールの気を惹くためなのかはわからなかったが、お気の毒に！　と大仰に言い募《つの》る者もいた。けれどもその後のほうの目的を果たせた女はひとりもいなかった。なにしろ、エドゥアールは、度を越した女たちの思いやりに対して、じつにそっけない礼儀で応じていただけだったのだから。

そのくせ、部屋に入ってくるポーリーヌの姿を目にした彼は、まさに感極まっていた。実際、彼女の輝かしさときたら！　その傍らにあっては、すべての女性の存在が、いかにたやすくかき消されてしまったことであろうか！　彼は、格別の敬意をこめ、つとめて冷淡にならないように彼女に話しかけた。が、その反応が、たいそう控えめであったので、彼もそれ以上話を続けることはなかった。

ポーリーヌはヴェルスイユ夫人と同じだけの時間、その場にとどまることを余儀なくされていた。けれども、ほとんど口を開こうとはしない彼女を見て、他の女たちがこう確信するのにさして時間はかからなかった――どうやらこのお美しいご婦人には常識というものが欠けているようね――。彼女が立ち去ると、だれもがこぞってそのように意見したのだが、エドゥアールは強く反論し、女性の慎み深さに関する主義主張を女性たち相手に披歴した。そんな説明をくどくど聞かされるのは、恋愛好きの女性たちにとっては興ざめでしかなかったのだけれど……。

ヴェルスイユ夫人は、抵抗するポーリーヌに有無を言わさず、毎日二時間をエドゥアール伯爵の病室で過ごさせた。彼は吐血しており、怪我の原因となった一撃が肺にまで及んでいるのではないかと危惧されていた。二度と会えなくなるかもしれない、そんな懸念を抱く相手に惹かれるのは、なんと自然なことであろう！　そうではなくても、似たような状況に置かれた時、相手から示される好意を敏感に感じるというのは、なんと自然なことであろう！　憎からず思っている相手に尽くせば尽くすほど、どれほど愛着が強まってゆくことか！　相手が自分を必要としてくれているとき、自分にとって、どれほどその相手が必要な存在に感じられることか！

けれどもポーリーヌの感情はその表情の変化でしか読み取ることはできなかった。その言葉からも、その態度からも、彼女の本心は推し量ることができなかった。彼女の意志が、自分で抑えのきくすべてのことを支配していたのだ。そうしている間にも、彼女は黙ってエドゥアールを観察しつづけていた。その結果、彼女は彼に敬意を抱かずにはいられなくなっていた。感嘆の念を覚えずにはいられなくなっていた。彼の魂は気力に溢れている。若さゆえのその善良さは、並大抵のものではない。ものごとを見きわめる知性は、公正そのものだが、その心は、過度に思えるほど情に厚いようだ。

ある欠点――というか、彼の年齢、彼の生きているこの国としては、たしかに特異なものではあったが、見方によっては美点といえるかもしれないのだが――が、彼の性格を決定づけていた。それは、風紀にたいする厳格すぎるほどの厳格さである。彼は、生真面目すぎるほど徳の高い父親に育てられたのだった。父を亡くして二年ほどになるのだが、父親の意見や父の遺した金言に深い敬意を払っていた。父親のものの見方を批判する世間の反感に遭い、息子の思想はさらに強固なものとなり、おそらく誇張されたきらいすらあった。彼がおのれの考えに固執しつづけるのは、父親への愛によるものである、と同時に、彼の生まれ持っての頑固な性格によるものでもあった。人から敬遠されるような、ものごとを判断するに際しての厳しさや、行動するに際しての衒学《げんがく》的な態度は、微塵《みじん》もなかった。けれども、完璧であろうとする信念があまりに強烈で、揺るぎがないせいで、友人たちからの理解を得られず、次第に疎遠になってしまっていたのだ。いざ友人たちのために力を尽くす必要が生じたときには、自分が友人たちを思う気持ちになんら変わりはない——そう思えるのだったが、そんな感情も、彼自身の幸福に資しているわけではまったくなかった。

彼はそれまでも、これ以上はないというほどの有利な縁談をいくつも見送ってきた。どの女性も、魅力という点においても、また徳の高さという点においても、彼の想像力と魂が出会いたいと欲している理想像には遠く及ばないものにしか見えなかったのだ。

最高の心遣いを払うことのできる彼の機転のきかせ方は、これまでもすでに人を驚かせるようなものであったが、これからもきっとそうだろうと思われた。また、いくら情熱あふれる表情で語っていても、彼の話は少しも理屈が乱れることはなかった。ポーリーヌはそのことに気づいて、驚きを禁じ得なかった。けれども、彼女の慎み深さや謙虚さに人知れず心酔しているエドゥアールが、彼女を前にして、女性の徳や恥じらいについて嬉々《きき》として論じるたびに、また、自分が愛を感じるのは彼女のように完璧な女性に対してだけなのだということを、なんとか彼女にわかってもらおうと力をこめるたびに、また、自分が愛というものを知って以来、女性の心は、それまでと同じだけの賛辞では釣り合わないものとなり、すくなくとも、それまでと同じ仕方で崇拝していたのではまったく及ばないものとなってしまったと、嬉しそうに繰り返すたびに、ポーリーヌは涙を隠すために、たびたび部屋を飛び出すことになるのだった。

だからといって、エドゥアールにたいする思いが冷めるわけではなく、彼女は彼の魂と響きあう感情を自分でも認めざるをえなくなっていた。ただ、その感情が、いっぽうで、彼女を押しとどめてもいたのだが……。日が改まるごとに、彼女はエドゥアールを愛《いと》しく思う理由をあらたに見つけることになったが、それは同時に、彼に別れを告げる理由を見つけることでもあった。この時に抱いていた気持ち、それは彼女がこれまで一度も感じたことがなかったものだ。どのように比較すればよいのだろう？　自分の人生と相手の人生との境界が曖昧になり、自分は、相手のためでなければ、もはや生きてはいられないと信じこませてしまう、この純粋で優しい愛――それは、幸福など度外視して、勝手に迸《ほとばし》り出て、その目に映った最初の対象にやみくもに飛びつき、早々にそのまちがいに気づきながら、徒《いたずら》に錯覚をひきずりつづけようとする、道を見失ってしまった想像力の妄想と、いったいどこが違うというのだろう？

ポーリーヌは自分の心と向き合っていた。自分の中に湧き上がってくる情熱の力を残らず見きわめようとしていた。けれども、さすがのヴェルスイユ夫人にも、自分を抑えると誓った彼女のその心のうちは、どうにも推しはかることができなかった。エドゥアールは遠慮がちで、どこか怖気《おじけ》づいていて、大好きな女性に向かって、たったひと言、愛の言葉を口にすることができずにいた。彼女は、どうでもよいことについては、彼とも気楽にしゃべることができた。彼のほうでも、自分の知性、そして、ポーリーヌの知性に導かれるままに、そんな会話にも魅力を感じていた。ただ、察するに、ふたりの会話を活気づけていたのは、もっと生々《なまなま》しい、あるひとつの関心だったはず……。ふたりは、他の人たちと何かを論じ合うような、そういう形で、なんらかの話題について話しあっていたわけではけっしてなかったのだ。けれども、伯爵が、ふたりでともに語り合う必要を痛感していたそのことに、ほんのわずかでも触れようとすると、ポーリーヌが、やおら冷静で真剣な様子を見せるものだから、伯爵は慌ててその話題を呑みこまざるをえなくなるのだった。

さて、その二か月の間も、エドゥアールの病状ははかばかしくなかった。田舎の空気を吸うことを医者から勧められ、ヴェルスイユ夫人は自分の田舎の屋敷の一室を彼に提供することにした。彼女の何よりの願いは、エドゥアールとポーリーヌを結びつけることだったのだから、それは願ってもないことだ。ポーリーヌは、夫人が伯爵に宿を提供すると決めたことに対して、強い不満を訴えた。いつもの穏やかなポーリーヌとは思えないほどの激しい口調で責めたてられたため、ヴェルスイユ夫人は、自分は彼女の幸福をひたすら願い、伯爵と結婚させることによって彼女を守ってやりたいと思っているだけなのに、まあ、なんと恩知らずたかもしれないことを反省し、涙ながらにその膝を抱きしめるのだった。

「なんということでしょう！」彼女は声を上げた。「わたしがどういう人間であるのか、お忘れになったの？　おばさまは、このわたしのために、どのような妄想を追い求めていらっしゃるの？　おばさまは、大好きなあの方を、どれほど堕落した者と添い遂げさせようなさっているのかしら？」

「残酷な娘《こ》ね」と、ヴェルスイユ夫人は答えた。「このわたしには、あなたの人となりを判断する権利はないと、そう言うつもりなの？　あなたの魂を育んだのは、このわたしではなかったかしら？　あなたの魂がどれほどエドゥアールにふさわしいものであるか、このわたしがわかっていないとでも言うのかしら？」

「ならば、取り除いてちょうだい！」ポーリーヌは叫んだ。「わたしの心から、わたしを辱《はずかし》めている記憶を、残らず取り払ってちょうだい！　どうか、わたしが自分をゆるすことができるようにしてくださいな！　そうすれば、わたしだって、自分が、他の方たちが思ってくださっているような値打ちのある人間だと思うことができるでしょう。わたしだって、おばさまに黙っておきたくはなかったわ。おそらく、エドゥアールという人は、わたしの想像力が思い描きうるかぎりの、この上なく完璧な人なのだと思います。けれども、わたしは、自分が彼にふさわしい人間であると思うほど自惚《うぬぼ》れてはいません。さりとて、自分の恥をあの方に打ち明ければ、どれほどの痛手を負うことになるのか……。わたしは、自分には引き受けるだけの資格のない思いを抱きつづけるという重い刑罰を、未来永劫背負いつづけるしかないのです。過去が、わたしの人生に、何をもってしても一生わたしがそこから解放されることのない運命の種を蒔いたのです。わたしの新しい愛がこの魂のうちに芽生えさせたのは、新たな希望などいっさい見えない、さらに苦い後悔の気持ちなのです」

ヴェルスイユ夫人が彼女に答えようとしたそのとき、エドゥアールが入ってきた。ポーリーヌが泣いていたことに気づいた彼は、彼女のもとに駆け寄った。彼女が顔を覆い隠すと、彼はその手を握り、二度にわたって、なんとも表しようのない感情をこめて彼女の名を呼んだ。

「やめて、やめてちょうだい」

彼女は彼の思いに応《こた》えるように、それだけ言うと、やおらその場を逃げ出した。エドゥアールはその場に立ちすくむしかなかった。ヴェルスイユ夫人が、そんな彼を安心させるために、彼がたった今その場で目にした驚くべき行動は、姪の臆病さと、新しい絆への恐れによるものなのだと説明した。彼女は彼の希望にふたたび火を灯したのだ。

こうして、三人はそろって田舎へと向かったのだ。エドゥアールとポーリーヌはしょっちゅう顔を合わせ、頻々とお喋りに興じ、相手にたいする熱い思いが日ごとに高まってゆくのを感じていた。けれども、恋人にたいする称賛の気持ちが昂じてゆくのに比例して、ポーリーヌの抵抗はさらに強まっていくようだった。この、どうにも説明のしようのない謎が彼を絶望させるのだった。彼はその謎を解き明かしてくれるようヴェルスイユ夫人に懇願したが、その曖昧な答えは、とうてい納得できるものではなかった。

そんなある日のこと、エドゥアールと連れ立って散歩に出かけたヴェルスイユ夫人は、彼がポーリーヌの心の純粋さや、その控えめな態度をしきりに称賛するのを聞いているうちに、ふと訊いてみたくなった。若気の至りで道を外しはしたものの、そこから立ち直り、悔い改めることによってその罪を償った——そんな女性を愛し、敬うことができると思うかと……。

彼は答えた。「神と人間に誓って、私はその女性のあやまちは、すべて消し去ることができると思います。ただ、そうは言っても、その女性のあやまちが修復可能であるとはぜったいに思うことができない人が、たったひとり、いるはず——その女性の恋人、あるいはその女性の夫です。私は今——それが一般論ということであれば——寛容さという言葉で解決できる問題に、ひとりの道徳家としてではなく、向き合っているつもりです。けれども、傷つきやすいひとりの男として、崇拝にも似た気持ちで愛することを知ったひとりの男として、私は躊躇《ちゅうちょ》なく断言します。過去の思い出に不純なところのある女性との間に、幸福は存在しえない、と。女性のほうは、恋人にどう思われるか、いやでもびくびくせざるをえないでしょう。男のほうでも、女性を辱めるような言葉を口にしないように、つねに気を遣わなくてはいけません。互いにそのような疑心暗鬼に陥ってしまえば、ふたりの心はやがて離れていってしまうでしょう。女性の心に欠けるところがまったくないのは、その心が自分自身を知らないときだけです。後ろめたさを感じている女性が抱く印象も、その女性の心に湧き上がる感情も、そうでないときと同じだけの活力を持つことはできません。過去にあやまちを犯しておきながら、誰かを愛するのはこれがはじめてだというのであれば、そのような心は、触れられる前に萎《しお》れてしまっているのです。すでに誰かを愛した経験があれば、自分が今感じているものを、自分の知っているものとどうしても比べてしまうでしょう。しかるに、思い出というのは、どのような感情にとっても、じつに大きな魅力に感じられるものであり、思い出というのは、過去が遠いものであればあるほど、心に強く響くものなのです。そもそも、愛するのがそれで二度目だという女性は、その経験を通じて、人は愛に終止符を打つことができるということを知っているはず。いったんそんな考えを抱いたが最後、真実の愛など存在しないことになります」

「あなたは、なんと不当で、厳しい方なのでしょう！」ヴェルスイユ夫人は声を荒らげた。「ああ！　あなたは、心というのは、悔い改めることによって浄化されるものだとはお思いにならないのかしら？　道を踏み外した経験のある不幸な女性が、そのあやまちをゆるしてくれる男性に、より強く心惹かれるとはお思いにならないのかしら？　自分が生きていられるのも、ひとえにその男性のおかげだと思い、その情熱に感謝という新たな絆が加わるとはお思いにならないのかしら？　そもそも、魂とはまったく関係がなく、周囲の状況次第でいくらでもゆるされるまちがい――あやまちというよりはむしろ不運に近い、そんなまちがい

——だってあるのですから」

「それにも一理ありますね」とエドゥアールは応じた。「けれども私は、自分の方からゆるしを与えるような女性ではなく、自分が称賛できる女性と結ばれたいと思っています。その感情は私にとって譲ることのできないもので、仮に、ポーリーヌと同じだけの魅力を一身に体現してはいても、過去にその徳に欠けるところのあった女性と結ばれるようなことになれば、私は死ぬほど苦しむことになるでしょう。その人とは、けっきょく別れることになると思うのですが、それとて、自分のためではなく、その女性を慮《おもんぱか》ってのことなのです。彼女のまちがいそのものは、別れる理由にはならないでしょうが、問題は、そのあやまちが私の知るところとなった場合です。私がそのあやまちを知ってなお、寛大でありつづければ、屈辱を覚え、不幸になるのは、その女性のほうなのです」

あやまちを知られて、屈辱を覚え、不幸になるのは、その女性のほうである——それは、彼女がつねづね思い描いていることはけっしてまちがってはいなかったのだということを裏づけてくれる言葉だった。だからこそ、その言葉は、ヴェルスイユ夫人の耳にいっそう強く響いたのだ。彼女の魂は誠実そのものだった。けれども、なんとしてもポーリーヌを結婚させてやりたいと願うあまり、彼女は熱に浮かされ、理性を失っていた。

エドゥアールは、これほど優しい態度を見せ、自分の愛を語るに際してこれほど活力に溢れ、自分の不幸を語るに際してこれほど暗く沈んだ絶望を垣間見せるのだから、ポーリーヌは、それに心をほだされ、いつなんどき自分の秘密を彼に打ち明けてしまうかわからなかった。ポーリーヌが抱えている秘密を彼に気づかせるようなものは何もなかったというのに……。ポーリーヌは、一度ならず、彼にこう伝えていた。「抗《あらが》うことのできない障害がわたしたちを分かつのです。わたしはあなたにはふさわしくありません」

彼女にたいする彼の思いはじつに情熱的で、おまけにポーリーヌの性格にも欠けるところはまったくなく、そのおこないは純潔そのものだったから、エドゥアールの心に疑念を芽生えさせるものなどあろうはずもなかった。彼が彼女を褒め称え、感極まったその様子が彼女の心を打ったことも一度や二度ではなく、ポーリーヌは、今度こそ悲しい秘密を告白しようと決心しながら、けっきょく思いとどまるのだった。

そんなある日、彼女はヴェルスイユ夫人のもとを訪れ、エドゥアールにたいする自分の心の高まりがどれほどのものであるかを語って聞かせた。

「わたしは選ばなくてはいけないのです」彼女は言った。「自分の恥をあの方に告白するか、自分の愛を完全に犠牲にするか、そのどちらかを……。エドゥアールにこのまま会いつづけることは、もうできません。わたしには、あの方をみすみす不幸にするような感情で、あの方の魂を満たすことはできません。これほどにも愛《いと》しく思う人の前からみずから身を引くか、あるいは、今のわたしのこの姿ではなく、今もそうであると判断されてもしかたのない過去のわたしの姿をあの方に晒すことによって、あの方のほうから身を引いてもらうようにしむけるか、そのいずれかが必要なのです」

　ヴェルスイユ夫人は、その言葉を聞いて慄然とし、多少の脚色をまじえはしたが、エドゥアールと交わした会話の一部を彼女に再現して聞かせた。彼女に及ぼす自分の影響力につけこみ――さらには、おそらく、エドゥアールへの愛、エドゥアールにたいする敬意を抱くにつれてますます失うことが怖くなってきているその思いが、今の彼女にとってかけがえのないものとなりつつある、その事実にすらつけこんで――、自分にたいするポーリーヌの信頼をなんとか繋ぎとめることに成功した。ヴェルスイユ夫人は、エドゥアールの性格がいかに謹厳であるかを力説し、彼ほど聡明な人であれば、自分が愛する女性のあやまちを見て見ぬふりするようなことを、けっして潔《いさぎよ》しとはしないだろうと断言した。さらには、これまで何度もポーリーヌを思いとどまらせることになった恥と慎み深さの感情を、その心にはっきりと思い起こさせることによって、致命的ともいえる秘密はけっして明かさないという約束を、ようやく彼女からとりつけたのだった。

　けれども、真の母たる存在、命の恩人以上に恩ある存在である彼女のそんな願いにもかかわらず、自分とは距離を置き、自分のことは未来永劫諦めてくれるよう伯爵に進言しようとするポーリーヌを翻意させることとは、どうしてもできなかった。

　彼女はエドゥアールに会いに行った。長時間にわたって無理な努力を自分に強いる自信がなかったので、彼女は、容赦のない、いささか性急すぎる口調でこう言い放ったのだ。ここから出て行ってほしい、二度と自分の前に姿を現さないでほしい、と。それを聞いた彼は、彼女の足元で気を失った。それを見た彼女も、ほとんど息絶えんばかりだった。彼女は助けを呼び、この世でもっとも愛に溢れたその名前を何度もなんども叫び続けた。自分の足元で今にも息絶えてしまいそうな愛《いと》しい恋人の、胸を打たずにはおかないその姿を目にしたことで、彼女の口から発せられることになった切れ切れの、脈絡のない言葉を聞けば、絶望の淵にある彼女の激情がすでに錯乱状態にあることは、だれの目にも明らかだったはずだ。

ヴェルスイユ夫人も駆けつけた。エドゥアールに蘇生の措置がとられた。安堵したポーリーヌはその場を去り、それから二日にわたって、恋人ふたりの、いわば通訳の役割を演じることとなったヴェルスイユ夫人は、ポーリーヌの決心をなんとか揺るがせようと試みたが、かなわなかった。

やがて、エドゥアールは、翌日には屋敷を出ていくことを彼女の口から伝えてもらうことにした。彼がそのおぞましい言葉を発したその口調、それがどのようなものであったのか――ポーリーヌはヴェルスイユ夫人を糺《ただ》した。

「断固たる口調、悲し気な口調だったわ」と、彼女は答えた。「わたしが気づいたのはそれだけよ。彼を不幸にしたのは、ポーリーヌ、あなたなのよ。彼だけでなく、このわたしをもね。美徳のなせるおこないとは、とうてい言えないわね」

そんな叱責の言葉を残して彼女は部屋をあとにし、残されたポーリーヌは深く物思いに沈むしかなかった。

この世でもっとも美しい夕暮れが、もっとも美しい一日のあとに訪れた。ポーリーヌはハープに向かった。恋人のために、幾度このハープを奏でたことか。偶然の導きによって、彼がこの窓の下を通りかかってはくれないだろうか——そんなことを考えながら、彼女は恋歌を口ずさんだ。それまで彼に聞かせることをあえてしなかった恋の歌。彼の心を明るくするには、彼女の存在だけでじゅうぶん事足りていたのだから。

エドゥアール、わたしのあとを追うことは、どうかあきらめて
あなたの信頼に足る女ではないのだから
あなたの幸福を思えば、わたしは生きてはいられない
それより、あなたのためなら、いっそ死んでしまいたい
今となっては、それだけが唯一の誉《ほま》れ
それだけが、このわたしの心を満たしてくれる
わたしの記憶を口にしてくれてもかまわない
でも、わたしの人生はあなたの恥辱
これほど純粋なあなたの心を、賛美してやまないわたし

あなたと別れること、それがわたしに課された掟
わたしは冒瀆したのよ、あなたの心が芽生えさせてくれたものを
過去がわたしについてまわる
たとえ愛に陶然となったとしても、逃れられない
わたしが見たいのは未来だけ
わたしの魂は、まもなく食い尽くされてしまう
思い出がうみだす苦悩によって

わたしは今も希望をいだく
あなたが今もわたしを愛してくれていると
その確信を胸に抱いて
急いで命を絶たなければ
わたしの秘密はそんな確信を打ち砕いてしまうかもしれない
苦しみの深淵の、果てしないその底で
ただ一日でいいから、妄想を抱かせてほしい

わたしの墓に、あなたの涙はいらないから

ポーリーヌは歌い終えたあと、しばし耳をそばだてた。何も聞こえなかった。彼女とその恋人のあいだで、互いに説明を尽くすこともできたかもしれないのだ。けれども、そのような機会が彼女に訪れることはけっきょくなかったようだ。おまけに、彼女は、自分からそのような機会を作り出そうという気概にも欠けていた。

エドゥアールと顔を合わせるのが怖くて、彼女は外出も控えていた。けれども、まさにその夜、彼はそこを出ていこうとしている。今後、彼の姿を目にすることは二度とあるまい。彼は自分のことを、恩知らずで冷淡な女だと思うかもしれない。今失おうとしている女性の価値、それを彼に見誤らせてしまっている自分の人となり、その罪深さを、彼女は悔いていた。彼女の魂を覆いつくしているのは後悔の念だった。陶然となるほどに愛しているその人の声をもう一度聞かないわけにはいかない。その思いが、彼女に猛省を促し、彼女の気持ちを強くした。

彼女は、まず庭に降りていった。偶然が味方してくれないかと思ったのだ。海岸まで歩いてゆくと、深く夢想に耽りながら、けっして変わることのない過去の絵図に、そして未来に広がるおぞましい様相に、思いを致した。すると、それまで憂鬱に沈みこんでいた彼女の魂が、空に向かって昇ってゆくではないか。空の寛容さは、それだけで記憶をかき消してくれる。木立が彼女の姿を隠してくれていた。物音が聞こえ、彼女は海に突き出している岩の上に目をやった。その目は、そこに跪《ひざまず》き、髪を振り乱し、絶望した様子の恋人の姿に釘付けになった。すぐに察しがついた。彼が何をしようとしているのか、すぐに確信した。彼のいるところまで上ってゆくのにかかる時間さえもどかしく、彼女は叫んだ。

「エドゥアール！　エドゥアール！　やめてちょうだい！」

その声が彼の耳に届いた。彼は立ち上がる。その目に映っているのは、今にも自分のほうに飛びかかってきそうな彼女の姿だった。

「こっちに来てはいけない！」彼は声を限りに叫んだ。「さもなければ、私は今すぐこの淵に身を投じることにするから。あなたが上ってくるのを阻止するためにね」

ポーリーヌは慄然として、一歩も踏み出せずにいた。膝からくずおれると、彼に懇願した。

「エドゥアール、あなたに抱いている、このわたしの愛の名にかけて」

「愛のなにかけてだって？　残酷な人だ。憎しみの名において、そうお言いなさい」

「そこから下りてきてちょうだい！　わたしのそばに来てちょうだい！」

「いやだ、いやだね」と、彼は憤怒に駆られて応じた。「あなたに弄《もてあそ》ばれるのがおちだからね！」

「わたしはあなたのものです。あなたの妻となります」

それ以上のことは言えなかった。けれどもそれは彼の耳にちゃんと届いていた。

「いいですか、私を弄ぶことはやめてほしい。わたしを愛していると、そう神に誓ってください。この海に誓ってください！　海は私の安息の場となるはずだから。明日になれば、あなたの運命は未来永劫、私のそれと結ばれると、そう誓ってください」

「誓いますとも」ポーリーヌは言った。

その言葉を口にしながら、彼女は意識を失った。今にも身体から抜けていってしまいそうな彼女の魂を、そのわずかな時間つかまえていたのは恐怖だった。けれども、不安から解き放たれた彼女には、もはや生きる力は残っていなかった。

エドゥアールは自分の幸福に酔い、また、死をあれほど間近に目のあたりにしたことで気持ちが昂《たかぶ》ってもいたのだろう。錯乱したように、ポーリーヌを屋敷へと連れ帰った。自分の病状がどれほどの危険を冒させようとしているのかにまで、もはや気がまわっていなかったのだ。彼はことが了解されたのだと思いこんでいた。彼女が自分に応えてくれたのだと思いこんでいた。ヴェルスイユ夫人がポーリーヌの手当てをし、彼をその呆然自失の状態から引きずり出した。

彼女が意識を取り戻すと、エドゥアールはただちにル・アーヴルに赴き、翌日の式の段取りに取りかかった。ポーリーヌとふたりきりになったヴェルスイユ夫人は、どのようなことであっても、ふたりの結婚の妨げになるようなものを見せてしまえば、彼をふたたび死に追いやることになると言い聞かせた。ポーリーヌは自分が目のあたりにしたぞっとするような光景、今にも海に身を投じようとしていた恋人の姿に、胸をかきむしられてはいたが、ヴェルスイユ夫人と完全に意見を一《いっ》にしていたわけではなかった。まもなく手が届きそうな至高の幸福を、そして、自分が犯そうとしているあやまちを思い、彼女は迷路に迷いこんだような気持ちになっていた。その行く末が、さてどうなるのやら……。それは、彼女には予想もできず、判断もつかないことだった。

エドゥアールが戻ってきた。ポーリーヌはひと言も口をきかなかった。エドゥアールは自分の幸福に不安を覚えはじめていた。自分が幸福を無理やり手に入れたことを自覚していたのだ。ただ、自分でもそのことを認めたくはなかったのだろう。口にするのは、脈絡のない、しかも、たいていは自分が目にしているポーリーヌの様子とは真逆のことばかりだった。

ヴェルスイユ夫人はふたりの傍《そば》を離れようとはせず、自分の存在を誇示することで、自分の愛弟子《まな》をなんとか抑えこもうとしていた。エドゥアールもヴェルスイユ夫人に味方し、彼女がポーリーヌに言い聞かせていることに、さらに口添えしたがっているようにも見えた。危惧の念をいまだ完全には払拭しきれていないのか、彼はなんどもこう繰り返すのだった――彼女がこの先、今の状況になんの変化も生じさせないことで、自分はようやく生きていられるのだ。今のこの幸福をほんのわずかでもなくしてしまえば、自分はもう生きてはいられないだろう。自分が今感じているような気持ちは、これまで一度も味わったことはないものだ。どれほど強大な力が及ぼされようとも、それが無に感じられるような人生の瞬間にまさに身を置いていることを、自分は今しみじみ感じているのだ——と。

ポーリーヌが何か言おうとするたびに、彼はそれを遮った。その喜びを知ってまだ間もない自分の幸福な気持ち、それが乱されるような言葉がわずかひと言でも発せられることを、彼は恐れていたのだ。

やがて、翌日にやってくるはずだった神父がその夜に到着し、エドゥアールとポーリーヌには、ふたりきりになる時間もなかった。ポーリーヌは、まるでその身を生贄として捧げるかのように、こめられる限り真心のこもった祈りを自分の心に捧げた。彼女が苦悩しつづけていた間、夫となる人が、彼にたいする自分の恋心に揺るぎはないということを、再三にわたって受け止めてくれていなければ、彼女は心の痛みから、その結婚の申し出を受け入れることができなかったかもしれないのだ。自分が愛されていることを信じて疑わない彼は、ポーリーヌのその痛ましげな様子は、彼女が恥ずかしがっているから、彼女が独特の性格の持ち主だからなのだと、そう思いこんだ。ヴェルスイユ夫人も、彼にそう信じこませておくことにした。そのようにして、彼の幸福が残ったのだ。

式が終わるとすぐ、ヴェルスイユ夫人はポーリーヌの気持ちを推し量って、こう告げた。

「わざわざ言う必要もないと思うのだけれど、もし旦那さまに自分の秘密を打ち明けたりしようものなら、あなたはこの世でもっとも罪深い女の謗りを免れないでしょうよ。彼の幸福を未来永劫邪魔だてすることになるでしょうから。そうなれば、当然のことだけれど、あなたはあの方からどれほど責められてもしかたがないのよ。謎が隠されていたことに対してだけでなく、彼にとって不幸なことに、その謎が暴かれたことに対してもね」

「なんということでしょう！」彼女は答えた。「おそらく、最初に犯したあやまちのせいで、さらなるあやまちを余儀なくされるということなのですね。でも、わたしをここまで追いこんだ責任は、おばさまおひとりにあるのよ。あなたの罪深きポーリーヌ、その罪と絶望を生んだ責任は、おばさまおひとりにあるのよ」

「残酷な娘《こ》ね」とヴェルスイユ夫人は、涙を流しながら言った。「海と時間のおかげで、わたしたちから永遠に遠い存在となったはずの秘密。それを忘却の中に閉じこめたわたしは、それほど罪深い人間なのかしら？その秘密を旦那さまに教える人は、あなたしかいないのよ。彼だって、致命的な打撃を蒙るのだから、そんなこと、知りたくもないでしょうに。こんな風に責められること、それが、わたしのあなたにたいする愛情への代償なのかしら？」

「ああ！　わが母、ああ、わが友よ、ゆるしてちょうだい」とポーリーヌは叫んだ。「賽《さい》は投げられたのね。どうか彼がずっと幸せでいられますよう！　おばさまも、どうかわたしのためにしてくださったことを悔いたりなさいませんよう！」

エドゥアールが入ってきた。たった今、仕事の手紙を受け取ったのだという。その手紙の指示により、一両日中にもパリに出発しなければならないそうだ。ポーリーヌに自分と一緒に来てほしいと請うてはみたが、彼女から、人里離れたこの地を生涯にわたって自分の居場所と定めさせてほしいと懇願され、彼女の嗜好と、彼女と交わした約束をあらためて思い出し、それを認めるほかはなかった。

ポーリーヌとエドゥアールの結婚によって始まった新しい日々は、愛によって結ばれた、この地上における最高に幸せな絆の始まり――には、どうしても見えなかった。ポーリーヌの心の中で、悲しみと恥じ入る気持ちが今もなお消えておらず、打ち明けてしまいたいという欲望と、打ち明けることへの恐れとが入り混じっていて、それが夫の目にもどこか異様なものと映っていたにちがいない。けれども、仮に困惑を覚えていたとしても、彼は、それが彼女の臆病さによるものだと思いこもうとしていた。もっとも、彼の困惑には、まだそれ以外の側面もあったのだが……。とはいえ、彼の旅立ちに際して彼女が見せた苦悩と、他に娯楽もなく、ふたりの絆を強めてくれるはずの静かな生活への彼女の強い愛着とが、彼の不安な気持ちを静めてくれるのだった。

やがて彼は旅立った。ポーリーヌが流した涙がこの残酷な瞬間を強く印象づけた。二か月に及ぶ夫の留守の間、ヴェルスイユ夫人は、ポーリーヌがエドゥアールに宛てて自分のあやまちを綴った手紙を何度も引き破った。けれども、子供を身ごもったことに気づいてからというもの、ポーリーヌの不安はかき消え、彼女は決意した。夫には、自分を見捨てることはもはやできないだろうと思ったからだ。彼女は日ごとに、彼を繋ぎとめておく必要を、それまで以上に強く感じていた。子供の存在によって母親に、母親の存在によって子供へと、彼を繋ぎとめておく必要を……。ある義務の観念が強まるにつれ、自分の秘密に苦しめられることは少なくなっていた。

エドゥアールが戻ってきた。父となるその喜びが、早くも彼を有頂天にさせていた。天が、これほどまでに愛しい絆に、さらに愛という魔力を残らず注いでくれているのだ。自分の家族として心から慈《いつく》しむことになるわが子が、愛する人の似姿であるのだ。奥深く分け入るだけで陶然となるような魂の裡に、その存在を認めるだけで陶然となるような魂の存在を、あらたに見出すことができるのだ。世の男性の心に響く感情の最たるものが、これほど密に結集するのだ。はたして、それを超える幸福が存在しうるのだろうか？　母になる幸福を一度も味わわなかった女性は、なんと不幸なのだろう！　さらに、せっかくわが子を授かりながら、その子を亡くした女性、流れてゆく歳月の中で、一年、また一年と、もし生きていてくれれば、いやましに募っていったにちがいない、喪ったわが子の美質や魅力に思いを致す女性は、おそらくその数千倍も不幸なのだろう！　そして、それだけの僥倖《ぎょうこう》に恵まれておきながら、それを楽しむことのできなかった女性、消し去ることができないばかりでなく、みずから望んだわけでもなかったその魅力を理解できない女性も、同じく、なんと不幸なのだろう！

ポーリーヌとエドゥアールが味わうことができたのは、まさにそのような幸福だった。そして、何にも勝る熱烈な情熱に突き動かされて芽生えた敬いの気持ちが、ふたりの魂を満たしていた。ポーリーヌは、男の子を出産したその瞬間、心底幸福だと思った。彼女は自分を苛む後悔の気持ちを払いのけ、夫とわが子、そしてヴェルスイユ夫人のことだけを考えるようにしていた。最初の結婚をしていた頃のことを想起させるような会話は、心して避けるようにしていた。そのころの記憶が、今なお彼女を涙させるものであることに変わりはなかったが、人として、不運にも負わされることになった債務も、こうして苦しむことによって、自分は十分返済しているのだ――彼女はそんな風に自分を納得させようとしていたのだ。

ああ！　けれども、それはとんでもないまちがいだった！　運命の悲しい掟は、どんな人生もけっきょく同じにしてしまうのだ！　でもこんな考えは、心優しき人たちの慰めになるわけではない。むしろそんな人たちは他の人たちの幸福を観察することによって、みずからの不運をなんとか受けとめることができるのだろう。

ある日、エドゥアールはル・アーヴルに夕食にでかけた。予告していたよりも、戻ってきたのは遅かった。彼を迎えに出たポーリーヌは、その顔に、いかんとも表しがたい変化の色を読み取った。それを否定したがる夫の様子に、彼女の確信は逆に強まり、たちまち激しい動揺に襲われた。そのため、エドゥアールもそれに抗することができなくなった。この一年、彼は彼女に対していっさいの隠しごとをしてこなかった。ふたりのような結婚においては、秘密は存在してはならないのだ。

「ならば、しかたない」彼は口を開いた。「あなたが言えというのだからね。ほんとうなら歯牙にもかけなくてもよいようなことに私が腹を立てているのを知ったら、あなたは憤慨するかもしれないね。ただ、言い訳させてもらえば、ことは、あなた自身とあなたの名誉に関わるのだから。今日は、あなたも知っているある仲買人の家に夕食によばれたのだが、そこでひとりの男性と出会うことになった。名前も知らされていなかったのだが、昨日サン゠ドマングからやってきたばかりだという。話題が女性の美しさという点に及んだとき、ある若い士官が、ヴェルスイユ夫人が可愛がっている女性が、これまでの人生で出会った中でもっとも美しいと、そう言い出したのだ。『それは、誰なのですか?』と、その異邦の男が叫んだ。『ひょっとして、ポーリーヌ・ド・ジェルクールではないですか? ヴァルヴィル氏の未亡人の?』『そのとおりです』と、士官が答える。『彼女とは旧知の間柄ですよ』と、異邦の男は応じたのだ。『なるほど、仰せのとおりだ。だが、彼女の性格が、あの目鼻立ちと同じように女らしく成熟していれば、今では多少ともお盛んなことでしょうよ。十四歳で旅立ったときには、身を任せた愛人はふたりだけだったけれどね。あれ以来、彼女があれだけ頑《かたく》なに守っている信条を破れるか否かは、皆さんの腕次第といったところかな……』。私は怒りに我を忘れてしまった。最初は、だれもが、私たちふたりが結婚したことをあの男に教えてやろうと思ったようだが、私が黙っているように頼んだ。あの異邦人は、聞くに堪えない誹謗《ひぼう》を延々繰り広げたが、ようやく自分の軽はずみなおこないに気づいたようだ。だが、私が軽蔑も露わに応じたせいで、前言を撤回する機会も失ってしまったのだ。その男の名前は、メルタン」

エドゥアールがその話を終えようとしている間にも、ポーリーヌは、今にも息絶えてしまいそうなくらい顔面蒼白《そうはく》となっていた。全身が震え、その激しい興奮のせいで、ひと言も発することができない状態だった。彼女を見つめるエドゥアールの目には、驚愕《きょうがく》と、あり得ないほどの恐怖が入り混じっていた。ポーリーヌの舌を凍りつかせているのは、義憤なのか、それとも、何かほかの感情なのだろうか？　彼との結婚をあれほど長い間ためらわせていた例の不可解な謎、彼女がしょっちゅう口にしていた、あのころにはなんの意味もないと思っていたあの話、それがこんなことで解き明かされることがあってよいのだろうか？

おぞましい光が過去に投げかけられ、未来から色を奪っていこうとしていた。ふたりはしばらく、その惨《さん》憺《たん》たる状況から抜け出せないでいた。エドゥアールは、一瞬、自分がこの耐え難い誹謗を即座に否定しなかったのではないかと、ポーリーヌがそう疑っているような気がして、また、彼女があえて口にしようとないその感情こそが、彼女の沈黙の原因ではないかと思い、恐ろしくなった。

「明日、もう一度その男と会いまみえるつもりだよ」と、彼は彼女に告げた。「あなたを誹謗中傷した、その見下げ果てた男とね」

その言葉がじゅうぶんすぎるほど耳に届いたとみえて、彼女は力をふり絞って叫んだ。「やめてちょうだい！　あの男には二度と会わないでちょうだい！　その男は根も葉もない中傷をしたわけではないのよ。その男の言ったことは真実なのです。彼こそが、この破廉恥なわたしが選んだふたりの男のひとりなのです。もうひとりは、まさにこの地で息絶えました。わたしはあなたにずっと自分の恥を隠してきました。あなたの尊敬を失うのがこわかったから……。でも、それは失って当然なのです。それで死ねるのなら、本望です。でも、わたしがあなたに抱いている熱い思いを、今もまだ憐れと思ってくださるお気持ちがあるのなら、そのようなつまらない、わたしごときが原因のその恐ろしい決闘から手を引いてくださいな。そのような拷問《ごうもん》をわたしに加えないでちょうだい。わたしを殺してちょうだい。お願いだから、悩み苦しむことによって、すべての罪を贖わせようなどとはお思いにならないで。死なせてちょうだい。どうか、わたしを憐れに思って、死なせてちょうだい」

エドゥアールの耳には、もはや何も届いてはいなかった。彼はまさに茫然自失の態《てい》だった。たとえ世界が破壊されたとしても、彼はそれほど驚きはしなかっただろう。彼の目には、すべてが崩壊していく様子がありありと映っていた。一瞬、自分が冒そうとしている危険のせいでポーリーヌが錯乱状態に陥ってしまったのだと思った。そして、それを一条《ひとすじ》の希望だと思い、彼は叫んだ。

「落ち着きなさい！　あなたをそこまで錯乱させているのは、どれほどの常軌を逸した怒りなのです？」

そう言いながら、彼は彼女の決心を翻《ひるが》えさせようとしていた。

「こっちに来ないでちょうだい」彼女は陰気に、しかし威厳を保ちながら言い放った。「わたしはあなたにふさわしい女ではありません。あなたがこれから目にするのは、死に抱かれたわたしの姿です。あなたにこうして話ができるのも、今のこの瞬間だけ。さあ、わたしを逝かせてちょうだい」

エドゥアールは彼女の前にひれ伏し、恐ろしさと同時に、畏敬の念に打たれていた。ヴェルスイユ夫人が入ってきたのは、まさにそんな痛ましい瞬間だった。ポーリーヌは彼女の姿を目にして身を震わせた。

「おばさま」彼女は言った。「わたしはあなたの助言に従ったのです。その結果がどうなったか、さあご覧になってください」

そして、彼女は息も絶えだえに、夫の身につい先ほど起こった一連の顚末《てんまつ》を話して聞かせた。

「今でも」と、彼女は続けた。「わたしが生きていてもよいと、そう思っていらっしゃるかもしれませんが、どうか、命にかかわるこの恐ろしい決闘からは身を引くよう、一緒にエドゥアールを説得してください。それがわたしの最後の願いなのですから」

ヴェルスイユ夫人にとって、それはなんと残酷な一瞬であったことか！　このときはじめて、彼女は自分の与えた忠告がとんでもないものであったことを悔いたのだった。けれども、なんとかポーリーヌを弁護しようと躍起になった彼女は、そもそもの状況を説明しはじめた。ポーリーヌが最初に犯したあやまちが、ほんのわずかでも、それによって軽減されはしないかと思ったのだ。さらに、秘密を打ち明けようとするポーリーヌを、自分がどれほど激しい口調で思いとどまらせたかも語って聞かせた。

ポーリーヌを正当化しようとする彼女の弁明のうち、エドゥアールはその後半部分に、特に注意をひかれた様子だった。ヴェルスイユ夫人が話し終えると、彼はすぐにポーリーヌのほうに向きなおった。歪《ゆが》んだその顔が、彼の魂の裡《うち》に突然恐怖の念を引き起こしのだろうか、彼は足元にひれ伏した。

「ポーリーヌ」彼は言った。「私があなたをもう愛していないと、そう思っているの？」

「愛してくれているのね！」彼女は叫んだ。「あなたは今でもわたしを愛してくれているのね！　ああ、神様！　感謝します！　わたしに残された最後の瞬間も、そう酷《ひど》いものにならないですみそうね。坊やも、母親の名前を口にすることをゆるしてもらえるのですね」

けれども、この感動の瞬間もこれで幕切れとはならなかった。彼女はすぐにエドゥアールの足元に身を投げ出すと、翌日、ル・アーヴルに引き返さないことをなんとか約束させようとした。その願いを聞き入れれば、自分の名誉が地に落ちることになる――そのことを、彼はなんとか彼女に理解させようとした。その恐ろしい真実に、言い返す言葉もなく、彼女はしばしば祈りを口にし、やがて立ち上がると、エドゥアールのほうに向きなおった。

彼は夜が明ける頃には、すでに出立の時刻も計算していた。

「今昇ってゆく太陽が、ふたりがともに目にする最後のものとなるかもしれないのね」彼女は言った。「わたしが夫のために生きることは、もうできないかもしれないけれど、夫のためにこの命を絶つ権利だけは、まだ残っているわ。坊やに、どうか神様のご加護がありますよう！」

夫を揺り籠のほうに誘《いざな》いながら、彼女は言った。「こんなわたしにも、この子のために祈ることができるのですね。そう、悔悟のおかげで、神様の御前《みまえ》で恩寵《おんちょう》を与えていただけたのですもの。今も愛してやまないあなた、そのあなたの膝にこの身を埋めて、どうか言わせてちょうだい。わたしのあやまち、さらには、命取りともいえる隠しごとのせいで、あなたにこれほど酷《ひど》い危険を冒させることになってしまったわ。あなたは善良で寛大な方です。でも、このわたしにたいして、まだ不満がおありのはずよ。わたしが何を受け入れようとしているのか、きっともうお見通しなのでしょうから」

エドゥアールは彼女に声をかけようとした。

「何も言わないでちょうだい」と、彼女は彼を制した。「何もかも、うかがいましたから」

時が刻々と近づいていた。エドゥアールは出立する。絶望から生まれた勇気を振り絞って、彼女は夫を見送りに出ると、最後の別れを告げた。ヴェルスイユ夫人はその冷静な様子が気にかかり、不安な面持ちで彼女の一挙手一投足を注視し、ひやひやしながら彼女が海辺を散策するのを見守っていた。

「安心してちょうだい」ポーリーヌは言った。「今のわたしに自殺する必要などあるかしら？　この苦しみだけで、もうじゅうぶんではないのかしら？」

生きた心地のしない二時間が、そんな風に過ぎていった。幸福になる希望がわずかでも残されている人に比べて、ポーリーヌにとっては、どれほど胸が締めつけられるような時間であったことか。郵便馬車がやってきた。ポーリーヌに宛てたエドゥアールからの短い手紙を届けるためだ。

「不幸にも、私は決闘相手を殺《あや》めてしまいました」そこにはそう綴られていた。「彼がどれほど罪深い男であったとしても、その死を深く悼《いた》まずにはいられません。この残酷な顚末ゆえに、まだ数時間か足止めされることになります。私にとって、かけがえのない存在でありつづけるポーリーヌよ、どうか私の帰りを待つ間に心を静めておいてください」

「おわかりになったでしょう」と、彼女はヴェルスイユ夫人に言った。「ひとりの男性の血が、わたしの頭に浴びせかけられたのです。メルタンを死に追いやったのは、このわたしです。わたしをめぐって、なんという恐ろしいことが起きてしまったのでしょう！　わたしは、どれほどの罪にまみれているのでしょう！　ああ、お母さま、わたしを助けてください」

ヴェルスイユ夫人自身も絶望しており、深く傷ついたこの娘をなんとか落ち着かせようとしたが、それも甲斐のないことであった。

エドゥアールが帰ってきた。ポーリーヌには夫を出迎える気力はなく、彼のほうから彼女に近づいて行ったが、自分の愛情を性急に露わにしないように配慮してくれているのは明らかだった。心が張り裂けそうになる苦痛に苛まれているのに、悲劇的なその話題を極力避けようとしてくれている夫の心遣いを目のあたりにしたポーリーヌには、痛いほどわかっていた――彼が仮に、何かを口にすることができたとしても、それが彼の心の痛みを表わすにはとうてい及ばないものであることが。

「なんということだ！」彼は、日ごとに変化してゆく彼女の様子を見て言った。「私はあなたにとって、これまでとは異なった存在となってしまったのだろうか？」

「これまで以上の存在にね」と、彼女は答えた。「多分そう。でも、これまでと同じではないわ。それはともかく、わたしに纏《まとわ》りついて離れようとしないこの影が、あなたには見えるかしら？　わたしが死に追いやったあの男の影が、あなたには見えるかしら？　あなたは、おわかりなのでしょう？　未来永劫、わたしたちの幸福は平穏ではありえないことが。あなたの信頼は、もう失われてしまったのね？　エドゥアール、わたしを死なせてちょうだい」

エドゥアールはだれよりも不幸だった。彼はその性格のゆえに、自分をこれほど激しく悲しませることとなった彼女のあやまちを、すぐに忘れてしまうことができなかったのだ。そのくせ、ポーリーヌを愛する気持ちは強く、自らの心を蝕《むしば》んでいる苦痛を、恐ろしくてとても言葉にできずにいたのだ。

彼女のそばにいると不安になり、心がかき乱されるばかりだった。彼はひとりで出歩くことが多くなった。ポーリーヌも、彼を探しに行こうとはしなかった。彼女はわが子の眠る揺り籠の傍らを離れようとはしなかった。涙にくれる彼女の姿を目にするたびに、彼は彼女と話をしたいと思っていた。それを遮るのは、いつも彼女のほうだった。彼も自分が彼女に何を伝えたいのかがわからなくなり、話を逸《そ》らせてしまうのだった。

ヴェルスイユ夫人は、自分がポーリーヌに助言を与えたことについて、自らを責めない日はなかった。というのも、エドゥアールが絶望しているのも、ポーリーヌが自分のあやまちを秘密にしたことに端を発していたのだから。

かつてはあれほど甘美な安住の地であったのだから、時の経過とともに、この土地にもふたたび幸福が芽生えることだって、ありえないことではなかったかもしれない。けれどもある朝、ポーリーヌに仕える侍女のひとりがエドゥアールのもとにやってきて、奥様は一晩じゅうひどい熱にうなされていましたと、告げたのだ。エドゥアールはただちに医者を呼びにゆかせ、ポーリーヌのもとに駆けつけたが、そこで目にしたのは、錯乱状態に陥り、彼の名を呼びつづけている彼女の姿だった。彼の名前以外に彼女が口にしていたのは、「あの人はもうわたしを愛してくれてはいない」――その一事だけだった。彼にとって、なんと悲惨な光景であったことか！　彼がどれほどの後悔の念に襲われたことか！　この瞬間、彼の愛に、どれだけの力が漲《みなぎ》っていたことか！　愛、それ以外の観念が彼の心に入る余地があろうはずもなかった！　彼がそこで目にしていたのは、まぎれもなく、彼が愛していたあのポーリーヌの姿だった。かつて彼の目に映っていたままの彼女の姿だった。彼が愛してやまなかった彼女の姿だった。

ヴェルスイユ夫人はポーリーヌのベッドの脇に腰を下ろし、エドゥアール以上に怯えていた。自分がその手で育て上げた心のことは、痛いほどにわかっていた。その絶望の深さも彼女には察しがついていた。医者がやってきた。たいそう心配そうだ。嘘でもよいから安心させてほしかった。エドゥアールは、想像するだけで心が張り裂けそうになる恐怖と闘っていた。

そんな風にして三日が経ったが、ポーリーヌの意識は戻らなかった。それだけに、ポーリーヌが口にする言葉は、いやがうえにも胸を打たずにはいなかった。錯乱状態にあるせいで、頭に浮かぶがまま、彼女が繰り返し口にする愛しい人の名前や、変わらぬ言葉で彼女が伝えようとしていた、彼女の頭をそれひとつで埋め尽くしている思い――それが彼女の苦悩の原因だったのだから――、それを聞かされるたびに、不幸な夫は、つぎからつぎへと新たな苦痛を覚えずにはいられなかった。

三日が過ぎて、ようやくポーリーヌに意識が戻った。エドゥアールは、これで彼女の命が助かったと思った。ポーリーヌには、それがまちがいであることがわかっていた。哀れなヴェルスイユ夫人にも、それはわかってもらえてはいなかったのだけれど……。

「お願いだから」と、彼女はエドゥアールに言った。「幻想は捨ててちょうだい。わたしたちを引き裂く時が必ずやってくるのですもの。そうなれば、もっと辛くなるでしょう。わたしたちは永遠のお別れをしなければいけないのよ」

「なんと残酷な人なんだ！」エドゥアールは叫んだ。「私と別れたがっているのはあなたのほうなのだね。私の愛を疑うなんて、私を見くびっているのは、あなたのほうだ！　もう、いい。あなたと知り合う前に後生大事に信じていたことは残らず撤回するよ。ポーリーヌ、今ここで、あなたの足元で、明言させてもらうよ。あなたは今も、ふたりが享受していたあの幸せな日々にこの目に映っていたのと同じだけ完璧で、同じだけ崇高であると。時と愛があなたの魂を純化させてくれたのだ。わが子を育て上げるために、どうか生きておくれ！　罪は、残らずわが身ひとりにある——そう思っているこの不幸な男に愛されるために、どうか生きておくれ！」

「勘違いなさらないでね」と、ポーリーヌは答えた。「良心に呵責を負うことで、神の御前《みまえ》ではすでに贖われたはずのあやまちが、狂った想像力のせいで、ふたたびわたしの眼前に大きくたちはだかっているわけではないのです。神様は、わたしのあやまちをおゆるしくださった、そう思っています。だからこそ、わたしは恐れることなく、逝こうとしているのです。けれども愛する幸福というのは、それよりもさらに繊細な感情から生まれてくるものです。若気のあやまち、そして、それをあなたに隠しとおせると思った、それ以上に禍々《まがまが》しいあやまちのせいで、この至福は永遠に色褪《あ》せたものとならざるをえないのです。たとえ成就したとしても、この至福には瑕疵《かし》があってはいけなかったのです。こうして命が消えてゆこうとしている今、わたしはようやくあなたにふさわしい存在になれたと、そう思えるのです。だって、わたしの情熱が並一通りのものでないことを、あなたに証明できるのですもの……。わたしがあなたに遺してゆくのは、この最後の記憶です。わたしたちふたりにとってかけがえのなかったものが消えてなくなってしまうとき、思い起こされるのは、これしかありません。エドゥアール、わかるでしょう。こうやってあなたの魂とわたしのそれとを隔てていた障害をなくすことができて、わたしが幸せでないかどうか……。わたしたちふたりは天でふたたび結ばれることでしょう。その時まで、わたしの魂はあなたの心にずっと生きつづけているはずです。かつてそうであったようにね」

「そして、おかあさま」と、ヴェルスイユ夫人に向かって彼女は言った。「光栄なことに、こんなわたしの中に、このような感情と、そしておそらく徳をも育んでくださったおかあさま、どうかエドゥアールを慰めてあげてください。そして彼といっしょに、わたしの子供を見守ってやってくださいね」

ベッドに息子が運ばれてきた。夫が嘆く声を聞きながら、わが子を愛撫《あいぶ》しながら、そして、ヴェルスイユ夫人の流す涙を目にしながら、彼女に残された力は尽きていった。少しずつ、少しずつ弱まって、彼女はついにこと切れたのだ。夫とヴェルスイユ夫人の絶望ぶりを描くことは控えようと思う。彼女が逝ってしまった今、誰がふたりの関心を引くというのだろう？

ただ、これだけは言っておこう。苦悩と、自分がポーリーヌに与えた忠告にたいする後悔の念が原因で、ヴェルスイユ夫人は、それからほどなくして亡くなったこと、そしてエドゥアールが後悔に苛まれ、まだ間に合ったかもしれない時に、自分の性格を制御できなかったことにたいする恐れ――まっとうな恐れだった――に食い尽くされ、完全に引きこもってしまったことを。彼は、そんな孤独の中で、ポーリーヌにたいする愛情から、かけがえのない存在となったわが子を育てあげることだけに、その人生を捧げたのだった。

註

ミルザ、あるいは、ある旅行者の手紙

001――[原註――この逸話はセネガルを旅行した人物から報告された、黒人売買の実話に基づいている。]

002――セネガル海岸の沖合の島。「訳者解題」参照。

003――ガリマール社版の編者でありマルティーヌ・リード氏によれば、当時セネガル総督をつとめていたシュヴァリエ・ド・ブフレールでほぼまちがいないが、物語自体はかならずしも事実に沿っているわけではない。

004――スペイン語のサント・ドミンゴのフランス語名。「訳者解題」参照。

005――紀元前三四〇年ごろ、古代ギリシアの彫刻家レオカレスがブロンズで製作した原型をもとに、ローマ時代の二世紀ごろ大理石で模刻された彫刻。ヴァチカン美術館に収蔵されていたが、一七九七年にナポレオン一世によってラオコーン像などとともに押収された。国民主権の象徴として整備されつつあったルーヴル美術館に収蔵されたが、一八一五年にヴァチカンに返還されている。ミケランジェロやベルニーニにも影響を与えたと言われる。

006――四体液説における人間の四つの性格の一つである「憂鬱」を擬人化したもので、天使が頭を抱えて、目の前の忙しい光景を見つめて憂鬱に沈んでいる。アルブレヒト・デューラーによる寓意画が有名。

007――一五四九年から一八七九年まで現在のセネガルの北西部にあった王国。

008――現在のセネガル共和国にあたる地域を支配していた古代王族のひとつ。

009――アフリカ最古の住民とされる南西アフリカの遊牧民族。「ホッテントット」は旧称で差別用語とされ、現在は「コイコイ人」と呼ばれている。

アデライードとテオドール

001――ジャン゠ジャック・ルソー『エミール』(一七六二年)の第五の書への言及。

ポーリーヌの物語

001——ハイチ共和国北県の首都。現在のカパイシャン。オカプとも呼ばれる。植民地時代の一七一一年から一七七〇年まで、フランスの植民地サン＝ドマングの首都であり、カプ・フランセ（フランスの岬）とも呼ばれていたが、ハイチ独立後に改名された。

002——フランス北西部、セーヌ川河口の北岸にある工業都市。マルセイユに次ぐフランス有数の港湾都市。「訳者解題」参照。

003——ここで言う「アメリカ」はもちろんアメリカ合衆国ではなく、ポーリーヌが生まれ育ったサン＝ドマングのこと。

004——軽騎兵・重騎兵を含めた騎兵の呼称。中世に竜が力と勇猛さの象徴であったことから、いくつかの軍隊で、鎧に竜のしるしを戴いたり、軍旗として竜の紋章を掲げていたりしていたことからこう呼ばれた。

スタール夫人〔1766–1817〕年譜

▼——世界史の事項 ●——文化史・文学史を中心とする事項 **太字ゴチの作家『タイトル』**——〈ルリユール叢書〉の既刊・続刊予定の書籍です

一七六六年

四月二十二日、アンヌ＝ルイーズ＝ジェルメーヌ・ネッケル、パリで生まれる。父親のジャック・ネッケルは銀行家、母親のシュザンヌ・キュルショは教養豊かなプロテスタント家系の娘で、ともにスイス出身。

▼印紙税法の撤回〔英〕●ゴールドスミス『ウェイクフィールドの牧師』〔英〕●レーオンハルト・オイラー『あるドイツの王女への手紙』(～七二)〔スイス〕●カント『視霊者の夢』〔独〕●ヴィーラント『アガトンの物語』(～六七)〔独〕●ヘルダー『近代ドイツ文学断章』(～六七)〔独〕●レッシング『ラオコーン』〔独〕

一七七四年

▼ルイ十六世即位〔仏〕●ウルマン『日記』〔米〕●ゲーテ『若きウェルテルの悩み』刊行、観相学者ラヴァーターと知り合う〔独〕●レンツ『演劇覚書』、『家庭教師』〔独〕●ヴィーラント『アブデラの人々』(～八〇)〔独〕●杉田玄白ほか『解体新書』〔日〕

一七七六年〔十歳〕

ネッケルがルイ十六世により国庫長官に任命される。

▼七月四日、アメリカ合衆国独立宣言〔米〕●ネルシア『新しい物語集』〔仏〕●ペイン『コモン・センス』〔英〕●ギボン『ローマ帝国衰亡史』（〜八八）〔英〕●アダム・スミス『国富論』〔英〕●アルフィエーリ『アガメンノーネ』、『アンティゴーネ』、『オレステ』〔伊〕●アダム・ヴァイス・ハウプト、秘密結社「イルミナティ」創設〔独〕●**レンツ『ツェルビーン、あるいは昨今の哲学』**、『軍人たち』〔独〕●クリンガー《双生児》、《疾風怒濤》初演〔独〕●クラシツキ『ミコワイ・ドシフィヤトチンスキの冒険』〔ポーランド〕●平賀源内、エレキテル製作〔日〕●上田秋成『雨月物語』〔日〕

一七七七年〔十一歳〕

ネッケル、財務長官に任命される。

▼ラ・ファイエット、アメリカ独立戦争に参加〔米〕●ラヴォアジエ「燃焼一派に関する報告」〔仏〕●サド、マルセイユ事件により再逮捕〔仏〕●シェリダン「悪口学校」初演〔英〕●ヴェッリ『拷問に関する諸考察』〔伊〕●アルフィエーリ『ヴィルジニア』〔伊〕●**ユング＝シュティリング『ヘンリヒ・シュティリング自伝——真実の物語』**（〜一八一七）〔独〕

一七八一年 ▼第二次マイソール戦争〔印〕●フリノー『イギリス囚人船』〔米〕●バーボールド夫人『子供のための散文による賛美歌集』〔英〕●ジャン＝ジャック・ルソー『言語起源論』〔仏〕●カント『純粋理性批判』〔独〕●レッシング歿〔独〕

一七八二年▼アミアンの和約〔欧〕▼天明の大飢饉〔日〕●ラクロ『危険な関係』〔仏〕●ジャン゠ジャック・ルソー『告白』（第一部）、『孤独な散歩者の夢想』〔仏〕●**アルフィエーリ『サウル』**、『メロペ』〔伊〕●イリアルテ『文学寓話集』〔西〕●モーツァルト《後宮からの逃走》ほか〔墺〕●シラー「群盗」初演〔独〕●デルジャーヴィン『フェリーツァ』〔露〕●フォンヴィージン「親がかり」初演〔露〕

一七八四年〔十八歳〕

ネッケルがレマン湖畔のコペの城館を購入。以後、スタール夫人はしばしばこの地に滞在する。

▼小ピット、茶の輸入関税を大幅引き下げ〔英〕▼ヨーゼフ二世、所領の公用語にドイツ語を強要〔墺〕▼コンスタンティノポリス条約締結〔露〕●ボーマルシェ「フィガロの結婚」初演〔仏〕●アルフィエーリ『ミッラ』〔伊〕●カント『啓蒙とは何か』〔独〕●ヘルダー『人類史哲学考』〔独〕●シラー「たくらみと恋」初演〔独〕

一七八六年〔二十歳〕

一月、スウェーデン大使のエリック゠マグヌス・ド・スタール男爵と結婚、スタール夫人となる。

▼フリードリヒ・ヴィルヘルム二世即位〔独〕●フリノー『野生のすいかずら』〔米〕●ベックフォード『ヴァテック』〔英〕●バーンズ『詩集――おもにスコットランド方言による』〔英〕●モーツァルト《フィガロの結婚》初演〔墺〕●ビュルガー『ほらふき男爵の冒険』〔独〕●スウェーデン・アカデミー設立〔スウェーデン〕

一七八七年［二十一歳］
女児ギュスタヴィーヌを出産（二年足らずで死去）。
▼財務総督カロンヌが失脚［仏］▼寛政の改革［日］●ベルナルダン・ド・サン＝ピエール『ポールとヴィルジニー』［仏］●シラー《ドン・カルロス》初演［独］●ハインゼ『アルディンゲロ』［独］●ゲーテ『タウリスのイフィゲーニエ』（初演八九）［独］

一七八八年［二十二歳］
十一月、『ジャン＝ジャック・ルソーの著作と性格についての書簡 *Lettres sur les ouvrages et le caractère de J.-J. Rousseau*』で作家デビュー。
改革派の貴族、ルイ・ド・ナルボンヌと知り合う。
▼合衆国憲法批准［米］●レチフ・ド・ラ・ブルトンヌ『パリの夜』（〜九四）［仏］●ネルシア『一夜漬けの博士号』［仏］●「タイムズ」紙創刊［英］●カント『実践理性批判』［独］●クニッゲ『人間交際術』［独］

一七八九年［二十三歳］
七月十一日、ネッケル、財務総監を解任される。
七月三十日、スタール夫人は復職した父親のネッケルとともにパリ市庁舎に帰還、群衆の熱狂的な歓迎を受ける。

▼一月二十四日、全国三部会の代表選出。五月五日、三部会開会。六月二十日、球戯場の誓い。七月十四日、バスティーユ襲撃によりフランス革命勃発。八月二十六日、フランス人権宣言〔仏〕▼ジョージ・ワシントン、アメリカ合衆国大統領就任〔米〕
▼ベルギー独立宣言〔白〕●シエイエス『第三身分とは何か』〔仏〕●ジャン＝ジャック・ルソー『告白』（第二部）〔仏〕●ベンサム『道徳と立法の原理序説』〔英〕●ホワイト『セルボーンの博物誌』〔英〕●ブレイク『無垢の歌』〔英〕●カダルソ『モロッコ人の手紙』〔西〕
●シラー『視霊者』〔独〕●ゲーテ『トルクァート・タッソー』〔独〕

一七九〇年〔二十四歳〕

男児オーギュストを出産（父親はナルボンヌ）。
父親のネッケルは辞職し、以後は執筆活動に専念。

▼メートル法の制定作業開始〔仏〕▼寛政異学の禁〔日〕●ウィンスロップ『日記』〔米〕●E・バーク『フランス革命についての省察』〔英〕●ゲーテ「植物のメタモルフォーゼを説明する試み」（論文）〔独〕●カント『判断力批判』〔独〕●「オルフェウス」誌創刊〔ハンガリー〕●シェルグレン『新しい創造、または想像の世界』〔スウェーデン〕●ベルマン『フレードマンの書簡詩』〔スウェーデン〕
●ラジーシチェフ『ペテルブルクよりモスクワへの旅』が発禁処分に〔露〕

一七九二年〔二十六歳〕

革命の混乱の中でパリを脱出、スイスで男児アルベールを出産（父親はナルボンヌ）。

▼四月二十日、オーストリアに宣戦布告しフランス革命戦争へ。八月十日、テュイルリー宮殿襲撃。九月二十一日、国民公会が王政廃止を宣言。九月二十二日、共和政宣言、第一共和政の成立〔～一八〇四〕〔仏〕●ネルシア『私の修練期、ロロットの喜び』、『モンローズ、宿命でリベルタンになった男』〔仏〕●サド、反革命容疑で投獄される〔仏〕

一七九三年〔二十七歳〕
一月－五月、イギリスに滞在。
九月、『王妃裁判についての省察 *Réflexions sur le procès de la Reine*』刊行（反響なし）。
▼一月二十一日、ルイ十六世が処刑される。ヴァンデの反乱が起こる。恐怖政治が始まる。七月十三日、マラー暗殺。十月十六日、マリー＝アントワネット処刑〔仏〕▼第一次対仏大同盟〔欧〕●ブレイク『アメリカ』〔英〕●ゴドウィン『政治的正義』〔英〕●シャトーブリアン、イギリス滞在〔～一八〇〇〕〔仏〕●ネルシア『アフロディテーたち』〔仏〕●ジャン・パウル『ヴーツ先生の生涯』〔独〕

一七九四年〔二十八歳〕
四月、『ズュルマ *Zulma: fragment d'un ouvrage*』発表。
バンジャマン・コンスタンと知り合う。
十二月、『ピット氏とフランス人に宛てた平和についての省察 *Réflexions sur la paix adressées à M. Pitt et aux Français*』をス

イスで刊行。

▼テルミドールの反動。ロベスピエール、サン＝ジュスト処刑される〔仏〕▼コシチューシコの独立運動〔ポーランド〕●シェニエ、刑死。『牧歌集』〔仏〕●レチフ・ド・ラ・ブルトンヌ『ムッシュー・ニコラ』（〜九七）〔仏〕●**ラドクリフ『ユードルフォの謎』**〔英〕●W・ゴドウィン『ケイレブ・ウィリアムズ』〔英〕●ベルリンのブランデンブルク門完成〔独〕●フィヒテ『全知識学の基礎』（〜九五）〔独〕●ボグスワフスキ『架空の奇跡、あるいはクラクフっ子とグラルの衆』〔ポーランド〕

一七九五年〔二十九歳〕

五月、『断片集 *Recueil de morceaux détachés*』、**『三つの物語』**、（付）フィクション試論 *Essai sur les fictions*』刊行。パリに帰還し、サロンを主宰しながら言論活動を展開。王党派の反乱に加担したとみなされて追放令を受け、十二月、スイスに戻る。

▼八月二十二日、一七九五年憲法制定。十月一日　オーストリア領ベルギーを併合。恐怖政治の終焉、十月二十七日、総裁政府の設立（〜九九）〔仏〕▼パタヴィア共和国成立〔蘭〕▼ポーランド王国滅亡（オーストリア、プロイセン、ロシアの第三次ポーランド分割）〔ポーランド〕●**グザヴィエ・ド・メーストル『部屋をめぐる旅』**〔仏〕●サド『閨房哲学』〔仏〕●J・ハットン『地球の理論』〔英〕●パリーニ『ミューズに』〔伊〕●カント『永遠平和のために』〔独〕●シラー『素朴文学と情感文学について』〔独〕●ゲーテ『ヴィルヘルム・マイスターの修行時代』（〜九六）〔独〕●「ホーレン」誌創刊（〜九八）〔独〕●本居宣長『玉勝間』（〜一八一二）〔日〕

一七九六年［三十歳］

十月、『個人と諸国民の幸福に及ぼす情念の影響について *De l'influence des passions sur le bonheur des individus et des nations*』発表。

▼ナポレオン、イタリア遠征［仏・伊］▼四月二十八日、ナポレオンのイタリア遠征を受けて対仏大同盟から脱落。五月十五日　パリ条約によりサヴォワとニースをフランスに割譲。十月十六日、ヴィットーリオ・アメデーオ三世が亡くなりカルロ・エマヌエーレ四世が即位［伊］●ラプラス『宇宙体系解説』［仏］●ジョゼフ・ド・メーストル『フランスについての考察』［仏］●M・G・ルイス『マンク』［英］●Fr・シュレーゲル『ギリシア人とローマ人』［独］●ヴァッケンローダー『芸術を愛する一修道僧の心情の披瀝』［独］●ジャン・パウル『貧民弁護士ジーベンケース』（〜九七）［独］

一七九七年［三十一歳］

一月、密かにフランスに帰還してコンスタンのもとに身を寄せる。

六月、女児アルベルティーヌ出産（父親はコンスタン）。

十二月、タレイラン邸のパーティでナポレオン・ボナパルトと出会う。

▼九月四日、クーデターにより王党派議員がギアナへ追放される［仏］▼カンポ・フォルミオ条約締結［墺］●サド『ジュリエットあるいは悪徳の栄え』［仏］●ラドクリフ『イタリアの惨劇』［英］●ゲーテ『ヘルマンとドロテーア』［独］●ヘルダーリ

ン『ヒュペーリオン』(〜九九)〔独〕●ティーク『民話集』〔独〕

一七九八年〔三十二歳〕

『革命を終結させうる現在の状況とフランスで共和政の基礎となるべき諸原理について *Des circonstances actuelles qui peuvent terminer la Révolution et des principes qui doivent fonder la République en France*』を完成させるが、刊行されず。

▼ナポレオン、エジプト遠征。第二次対仏大同盟〔欧〕●C・B・ブラウン『アルクィン』、『ウィーランド』〔米〕●マルサス『人口論』〔英〕●コールリッジ、ワーズワース合作『抒情民謡集』〔英〕●ラム『ロザマンド・グレイ』〔英〕●W・ゴドウィン『「女権の擁護」の著者の思い出』〔英〕●フォスコロ『ヤーコポ・オルティスの最後の手紙』〔伊〕●Fr・シュレーゲル『ゲーテの〈マイスター〉について』〔独〕●シュレーゲル兄弟ほか「アテネーウム」誌創刊(〜一八〇〇)〔独〕●シラー『ヴァレンシュタイン』第一部初演〔独〕●ティーク『フランツ・シュテルンバルトの遍歴』〔独〕●ノヴァーリス『ザイスの弟子たち』〔独〕●ヘルダーリン『エンペドクレスの死』(〜九九)〔独〕●本居宣長『古事記伝』〔日〕

一七九九年

▼ナポレオンによる、ブリュメール十八日(十一月九日)のクーデターにより、統領政府が成立〔仏〕▼ロシアによる北イタリア遠征〔伊・露〕●C・B・ブラウン『アーサー・マーヴィン』(〜一八〇〇)、『オーモンド』、『エドガー・ハントリー』〔米〕●W・ゴドウィン『サン・レオン』〔英〕●**Fr・シュレーゲル『ルツィンデ』**〔独〕●シュライアマハー『宗教論』〔独〕●リヒテンベルク歿、『箴言集』〔独〕●チョコナイ＝ヴィテーズ『カルニョー未亡人と二人のあわて者』〔ハンガリー〕

一八〇〇年［三十四歳］

四月、『社会制度との関係において考察された文学について *De la littérature considérée dans ses rapports avec les institutions sociales*』(『文学論』) 刊行、賛否両論を巻き起こす。批判に応えて、十一月に改訂版『文学論』刊行。

▼ナポレオン、フランス銀行設立。第二次イタリア遠征［仏］●議会図書館創立［米］●エッジワース『ラックレント城』［英］●**シラー《メアリー・ステュアート》**初演［独］●ノヴァーリス『夜の讃歌』［独］●ジャン・パウル『巨人』(～〇三)［独］

一八〇一年 ▼一月一日、大ブリテン・アイルランド連合王国成立［英］▼七月十五日、ナポレオンと教皇ピウス七世、政教和約を結ぶ［仏］●シャトーブリアン『アタラ』［仏］●サド逮捕［仏］●C・B・ブラウン『クララ・ハワード』、『ジェイン・タルボット』［米］●パリーニ『夕べ』、『夜』［伊］●ヘルダーリン『パンとぶどう酒』［独］●A・W・シュレーゲル『文芸についての講義』(～〇四)［独］

一八〇二年［三十六歳］

五月、スタール男爵死去。

十二月、『デルフィーヌ *Delphine*』刊行。

▼八月二日、ナポレオン、フランス終身第一統領に就任［仏］▼イタリア共和国成立［伊］▼アミアンの和約［欧］●シャトーブリアン『キリスト教精髄』［仏］●ノディエ『追放者たち』［仏］●ノヴァーリス『青い花』［独］●シェリング『芸術の哲学』講義(～〇三)［独］●ジュコフスキー訳グレイ『村の墓場』(『墓畔の哀歌』)［露］●十返舎一九『東海道中膝栗毛』(～一四)［日］

一八〇三年〔三十七歳〕

九月に追放令を受け、十月、コンスタンとともにドイツへ。ゲーテやシラーと会う。

▼ナポレオン法典公布、ナポレオン皇帝となる〔仏〕●フォスコロ『詩集』〔伊〕●クライスト『シュロッフェンシュタイン家』〔独〕●ヘルダー歿〔独〕●ポトツキ『サラゴサ手稿』執筆（〜一五）〔ポーランド〕

一八〇四年〔三十八歳〕

四月、父親のジャック・ネッケル死去。

十二月、イタリア旅行。

▼五月十八日、ナポレオン、皇帝に、第一帝政〔仏〕▼八月十一日、オーストリア帝国成立〔墺〕▼レザノフ、長崎来航〔日〕●セナンクール『オーベルマン』〔仏〕●**シラー**《**ヴィルヘルム・テル**》初演〔独〕●ジャン・パウル『美学入門』〔独〕

一八〇五年〔三十九歳〕

ジュネーヴ知事バラント男爵の息子、プロスペルと知り合い、恋仲になる。

戯曲『砂漠のアガール *Agar dans le désert*』執筆。

▼四月十一日、第三次対仏大同盟結成。十月二十一日、トラファルガーの海戦。十二月二日、アウステルリッツの会戦〔欧〕

●シャトーブリアン『アタラ』、『ルネ』［仏］●ベートーヴェン《交響曲第三番》（英雄）、アン・デア・ウィーン劇場で初演［独］
●A・フンボルト『植物地理学試論および熱帯地域の自然像』（～〇七）［独］

一八〇七年［四十一歳］
四月、『コリンヌまたはイタリア *Corinne ou l'Italie*』刊行、大評判となる。
戯曲『ジュヌヴィエーヴ・ド・ブラバン *Geneviève de Brabant*』執筆。
▼ティルジット和約締結［欧］●フォスコロ『墳墓』［伊］●ヘーゲル『精神現象学』［独］●**クライスト『チリの地震』**［独］●エーレンシュレーヤー『北欧詩集』［デンマーク］

一八〇八年［四十二歳］
『ドイツ論 *De l'Allemagne*』執筆開始。
▼スペイン独立戦争（～一四）［西・仏］▼フェートン号事件［日］●Ch・フーリエ『四運動および一般的運命の理論』［仏］●ゴヤ《マドリード市民の処刑》［西］●フリードリヒ《山上の十字架》［独］●フィヒテ『ドイツ国民に告ぐ』［独］●Fr・シュレーゲル『インド人の言語と叡智について』［独］●A・フンボルト『自然の諸相』［独］●**クライスト『ミヒャエル・コールハース』**［独］
●ゲーテ『ファウスト』（第一部）［独］

一八一〇年〔四十四歳〕

九月、『ドイツ論』を印刷製本するが、発禁処分。
ジュネーヴで青年士官のジョン・ロカと知り合う。

▼ロシア、大陸封鎖令を破りイギリスと通商再開〔英・露〕▼オランダ、フランスに併合〔蘭〕●**シャトーブリアン『殉教者たち』**〔仏〕●スコット『湖上の美人』〔独〕●W・フンボルトの構想に基づきベルリン大学創設（初代総長フィヒテ）〔独〕クライスト『短篇集』（〜一一）〔独〕

一八一二年〔四十六歳〕

四月、男児アルフォンスを秘密出産（父親はジョン・ロカ）。
八月、ロシアに到着。皇帝アレクサンドル一世らに会う。

▼ナポレオン、ロシア遠征。第六次対仏大同盟〔欧〕▼米英戦争（〜一四）〔米・英〕▼シモン・ボリーバル「カルタヘナ宣言」〔ベネズエラ〕●ガス灯の本格的導入〔英〕●バイロン『チャイルド・ハロルドの巡礼』（〜一八）〔英〕●ウィース『スイスのロビンソン』〔スイス〕●グリム兄弟『グリム童話集』（〜二二）〔独〕●**ド・ラ・モット・フケー『魔法の指輪——ある騎士物語』**〔独〕

一八一三年〔四十七歳〕
一月、『自殺論 *Réflexions sur le suicide*』完成。
『ドイツ論』刊行、初版は数日で売り切れる。

▼ライプツィヒの決戦で、ナポレオン敗北〔欧〕▼モレロス、メキシコの独立を宣言〔メキシコ〕●オースティン『高慢と偏見』〔英〕

一八一四年　▼ウィーン会議（〜一五）〔欧〕▼四月六日、ナポレオン退位。五月三日、ルイ十八世即位、第一次王政復古（〜一五）〔仏〕●スティーヴンソン、蒸気機関車を実用化〔英〕●オースティン『マンスフィールド・パーク』〔英〕●スコット『ウェイヴァリー』〔英〕●ワーズワース『逍遥』〔英〕●スタンダール、ミラノ滞在（〜二一）〔仏〕●ブレンターノ『ポンス・ド・レオン』上演〔独〕●シャミッソー『ペーター・シュレミールの不思議な物語』〔独〕●E・T・A・ホフマン『カロー風の幻想曲集』（〜一五）〔独〕●カラジッチ『スラブ・セルビア小民謡集』、『セルビア語文法』〔セルビア〕●曲亭馬琴『南総里見八犬伝』（〜四二）〔日〕

一八一五年　▼ワーテルローの戦い〔欧〕▼ナポレオンの百日天下（三月二十日〜六月二十二日）▼ルイ十八世パリに帰還、第二次王政復古（〜三〇）〔仏〕▼穀物法制定〔英〕●バイロン『ヘブライの旋律』〔英〕●スコット『ガイ・マナリング』〔英〕●ワーズワース『ライルストーンの白鹿』〔英〕●ベランジェ『歌謡集』〔仏〕●Fr・シュレーゲル『古代・近代文学史』〔独〕●ホフマン『悪魔の霊酒』〔独〕●アイヒェンドルフ『予感と現在』〔独〕●ブーク・カラジッチ『セルビア民謡集』〔セルビア〕

一八一六年〔五十歳〕

十月、ジョン・ロカと結婚。

▼金本位制を採用、ソブリン金貨を本位金貨として制定（一七年より鋳造）〔英〕▼両シチリア王国成立（〜六〇）〔伊〕●コールリッジ「クーブラカーン」、『クリスタベル姫』〔英〕●P・B・シェリー『アラスター、または孤独の夢』〔英〕●スコット『好古家』、『宿家主の物語』〔英〕●オースティン『エマ』〔英〕●コンスタン『アドルフ』〔仏〕●グロッシ『女逃亡者』〔伊〕●ホフマン『夜曲集』〔独〕●グリム兄弟『ドイツ伝説集』（〜一八）〔独〕●ゲーテ『イタリア紀行』（〜一七）〔独〕●インゲマン『ブランカ』〔デンマーク〕●フェルナンデス＝デ＝リサルデ『疥癬病みのおうむ』（〜三一）〔メキシコ〕●ウイドブロ『アダム』、『水の鏡』〔チリ〕

一八一七年〔五十一歳〕

二月に卒中の発作で倒れ、七月十四日、死去。

▼全ドイツ・ブルシェンシャフト成立〔独〕●キーツ『詩集』〔英〕●バイロン『マンフレッド』〔英〕●スコット『ロブ・ロイ』〔英〕●コールリッジ『文学的自叙伝』〔英〕●レオパルディ『ジバルドーネ』（〜三二）〔伊〕●プーシキン『自由』〔露〕

一八一八年

『フランス革命の主要なできごとについての考察、その起源から一八一五年七月八日まで *Considérations sur les principaux événements de la Révolution française, depuis son origine jusques et compris le 8 juillet 1815*』（『フランス革命についての考察』）刊行。

▼アーヘン会議〔欧〕●キーツ『エンディミオン』〔英〕●スコット『ミドロジアンの心臓』〔英〕●P・B・シェリー『イスラームの反乱』〔英〕●M・シェリー『フランケンシュタイン』〔英〕●ハズリット『英国詩人論』〔英〕●オースティン『ノーザンガー寺院』、『説得』〔英〕●コンスタン『立憲政治学講義』（〜二〇）〔仏〕●シャトーブリアン、「コンセルヴァトゥール」紙創刊（〜二〇）〔仏〕●ジョフロア・サンティレール『解剖哲学』（〜二〇）〔仏〕●ノディエ『ジャン・スボガール』〔仏〕●グリルパルツァー《サッポー》初演〔墺〕

一八二〇年

『追放十年 *Dix années d'exil*』、『スタール夫人全集 *Œuvres complètes de Mme la Baronne de Staël*』刊行。

一八二〇年　▼ジョージ三世没、ジョージ四世即位〔英〕▼ナポリで、カルボナリ党の共和主義運動（〜二一）〔伊〕▼リエゴの革命（〜二三）〔西〕●P・B・シェリー『縛めを解かれたプロミーシュース』〔英〕●スコット『アイヴァンホー』〔英〕●マチューリン『放浪者メルモス』〔英〕●ラマルチーヌ『瞑想詩集』〔仏〕●ノディエ『吸血鬼』〔仏〕●ホフマン『牝猫ムルの人生観』（未完）、『ブランビラ王女』（〜二一）〔独〕●テングネール『フリティヨフ物語』〔スウェーデン〕●プーシキン『ルスランとリュドミーラ』〔露〕●小林一茶『おらが春』〔日〕

〔この年譜は、工藤庸子『スタール夫人と近代ヨーロッパ』巻末の詳細な年譜から主要と思われる部分を抜粋した上で、若干の歴史的・文学史的情報を補って作成したものである。年譜の使用をご快諾下さった工藤庸子氏に感謝申し上げたい〕

訳者解題

本書は、一七九五年にローザンヌで刊行されたスタール夫人の『断片集』の中に収められた、«Mirza ou Lettre d'un voyageur»「ミルザあるいはある旅行者の手紙」、«Adélaïde et Théodore»「アデライードとテオドール」、«Histoire de Pauline»「ポーリーヌの物語」の三篇の中編小説をひとつにまとめて、翻訳したものです。この『断片集』には、ほかに「フィクション試論」と、「フランスを引き裂いた血まみれの圧政のもとで書かれた」という韻文仕立ての短い作品、「不幸な人への書簡、あるいはアデルとエドゥアール」が、ともに収められています。同じ年にパリで刊行された『断片集』第二版では、スタール夫人自身がこの三篇について「私がここに刊行する三つの物語」と称して、この三篇のために短い序文をつけて作品解説をおこなっています。

底本としては、スタール夫人の死後に息子によって刊行された全集版Madame la Baronne de Staël, *Trois nouvelles*, in *Œuvres complètes, Tome 2*, Treuttel et Würtz, Paris, 1820を用いました。また二〇〇九年には

ガリマール社から、マルティーヌ・リード氏によってこの三篇が *Trois nouvelles* のタイトルで新たに編集・出版されています（Madame de Staël, *Trois nouvelles*, édition établie par Martine Reid, Éditions Gallimard, 2009）。これらの版に倣って、この三篇をまとめてひとつの独立した作品として扱っていることをまず明記しておきたいと思います。また、この原題に用いられている nouvelle という単語は、長編小説を指す roman、短編小説を指す conte に対して、「中編小説」をあらわすものですが、今回は日本語として「物語」の訳語を当て、邦題を『三つの物語』としていることをお断りしておきます。

文学史の中のスタール夫人像

スタール夫人については、一般的なフランス文学史の本を繙けば、いずれもかなりの量の記述が割かれているはずですので、フランス文学やヨーロッパ文学を学んだ経験のある方や、これに興味をお持ちの方であれば、「フランスの前期ロマン主義文学の基礎を作った女性作家」といった、ある種の紋切型表現とともに、その名前を見聞きし、記憶していらっしゃるのではないかと思います。その一方で、スタール夫人の作品、なかでも小説を実際に読んだことがあるかと問われれば、その名前がかくも高名であることに鑑みればまことに意外なことですが、否とお答えになる方が少なくないのではないでしょうか。恥をしのんで申し上げますと、今回この作品を翻訳することになった私自身が、じつはそうなのです。本棚に大切に並べてある古いフランス文学史の本を何冊か引っ張り出してみますと、ご丁寧にも、傍線まで引いて勉強した痕跡はあるのですが、それ以上に踏み込んでこの作家につきあおうと思ったことがなかったことを、今大いに反省させられています。

例をひとつひかせていただきます。私が学生だった昭和の時代に読んだ（と思しき）「最も権威ある名著の完訳」とその帯にも記されている、鈴木力衛、村上菊一郎両氏の訳になる、ギュスターヴ・ランソンとポール・テュフロの著わした『フランス文学史 II』（一九七三年、中央公論社刊）では、「ロマンチスムの準備」と題された章のトップに、頭に異国風のターバンを巻いた、堂々たる貫禄のある肖像とともに、スタール夫人について、その概要がつぎのように記されています。


スタール夫人（一七六六年－一八一七年）は、新しい精神の理論家である。彼女はスイス系の家に生まれ、パリに文藝的・政治的なサロンを開こうと試みた。その努力は三度失敗し、彼女を憎んでいたナポレオンはついに彼女をコペに追放し、孤立させた。彼女はそこから脱出し、帝政時代の終わりまで、敵地で暮らした。熱し易い心の持ち主で、その点、ルソーと結びつく。しかし、彼女はヴォルテールに劣らず、理性を尊重する。それゆえ、スタール夫人は十八世紀のすべてを代表している。

夫人の三つの大作は、コスモポリタンでフェエミニスムの色彩の強い小説『コリンヌ』（一八〇七年）と二つの論文『文藝論』（一八〇〇年）及び『ドイツ論』（一八一〇年）である。

『文藝論』においては、次の点が示されている。すなわち、一つの文藝作品を正しく評価するためには、まずそれを国民性と、その作品を生んだ民族の歴史的発展に結びつけなければならない。美の形式はきわめて不同であるが、いずれも正統的であり得るのだ。『ドイツ論』はフランス人に未知の民族と、《ロマンチック》と呼ばれる未知の文学とを啓示する。この文学はキリスト教と騎士道から生まれたもので、未来はこの文学のものであるように思われる。

スタール夫人の文体は、その知的な特質と、それを引きずってゆく情熱的な動きによって、とりわけ高い価値がある。

（二二〇－二二一頁）

翻訳の固い文体が教養主義的な時代の空気を感じさせますが、その後かなりの年月を経て、一九九五年に東京大学出版会から刊行された『フランス文学史』では、記述も柔らかく、たいへん読み易いものとなり、前掲書では「コスモポリタンでフェミニスムの色彩の強い」『コリンヌ』にのみ言及されていた小説作品についても、「自伝的色彩の濃い二作の小説」『デルフィーヌ』（一八〇二年）と『コリーヌ』（一八〇七年）の二作品が揃って挙げられています。また、「ロマン主義の中心主題である自我の解放を女性の側から主張したフェミニスムの先駆的作品」との記述にも新しさが感じられますが、基本的には「ロマン主義の形成」という項目のもとに、『文学論』と『ドイツ論』に焦点をあてて、この高名な女性作家の功績がまとめられている点では、前掲の記述と大きく異なるところはないように思えます。

一八〇〇年に刊行した『文学論』のなかで、スタール夫人は、文学の変容を社会制度の進歩と関連づけつつ考察し、各国・各世紀ごとに固有の特徴をもった文学の存在と多様性を主張し、古典主義の普遍的な文学観では野蛮なものとして無視されてきた中世文学および北方文学の復権を図った。彼女によれば、〔…〕近代文学は『オシアン』を源流とし、より哲学的で、より深く情熱的な北方の作家によって創りだされるとするのである。

〔…〕『ドイツ論』は、それまでフランスに知られていなかったドイツ文学の紹介書であるのみならず、ロマン主義の理論書として、また社会的・歴史的条件のもとに近代文学を考察する近代文学批評の手本となり、フランス中世文学再評価の機運を導きだした。（一七八－一七九頁）

スタール夫人にたいする私個人の知識や理解も、学生時代から今に至るまで、結局のところ、これらの記述以上ではなかったわけです。文学研究の多くの分野において様々な進展がみられ、日本におけるフランス文学研究に限ってみても、多くの作家論や作品論が次々と展開されてきた中で、スタール夫人については、フランスで書かれた評伝や文献に基づいてその波乱に満ちた人生を丁寧にたどり、その作品を読み解いてゆく佐藤夏生氏による『スタール夫人』（佐藤夏生著、清水書院、二〇〇五年）をはじめとして、魅力的な伝記的モノグラフィーが複数出版されてはいますが、その一方で、文学史における記述は「ロマン主義理論をフランスに根付かせた先駆者」のまま、時間が止まったように、大きく更新されることも、あるいは覆されることもないまま、そのまま細々と受け継がれてきたと言ってよいでしょう。

また、フランス文学の多くの作品が、かなりマイナーな作品まで含めて、続々と翻訳出版され、過去に翻訳されたことのある作品であっても、新訳の試みが多数なされてきましたが、スタール夫人に関しては、『コリンナ――美しきイタリアの物語』（佐藤夏生訳、国書刊行会、一九九七年）、『ドイツ論』（全三巻、梶谷温子ほか訳、鳥影社、一九九六–二〇〇二年）、『フランス革命文明論』（全三巻、井伊玄太郎訳、一九九三年、雄松堂出版）など、ごくわずか。近年、新たな翻訳はおこなわれず、邦訳で読むことのできる作品もほとんどないという、たいへん寂しい状況が続いています。

新たなスタール夫人研究

固く閉じられていた、日本におけるスタール夫人研究の重い扉を一気に開くことになったのが、二〇一六年に刊行された、工藤庸子氏による『評伝　スタール夫人と近代ヨーロッパ――フランス革命とナポレオン独裁を生き抜いた自由主義の母』（東京大学出版会）です。スタール夫人のアイコンといってもよいかもしれませんが、異国風のターバンを頭に巻いた貫禄たっぷりの女性の姿ではなく、柔らかにうねる豊かな巻髪にリボンをあしらった若い令嬢の肖像（一七九七年のジャン＝バティスト・イザベイによる鉛筆画）を表紙に掲げたこの一冊は、その生い立ちから最期に至るまで、可能な限りの、しかし、じゅうぶんに厳選された資料を踏まえた上で、「自由」「個人」「政治」「女性」という四つのキーワードでスタール夫人の生涯と作品を読み解き、その独自の視点から、スタール夫人を文学史上のありきたりの紋切型から鮮やかに解き放っています。歴史家であるフランソワ・フュレとモナ・オズーフによる『フランス革命事典』に拠り、ミシュレやバチコらにも触れながら、刻一刻、目まぐるしく変化してゆく史実を追い、複雑に絡み合う情勢と人間関係の中で、スタール夫人の政治・社会思想の動きを掘り下げるいっぽう、多分野にわたって残された膨大な著作を、たとえば、文学作品であれば、マルク・フュマロリ、ポール・ベニシューらの難解な文学理論を自在に使いこなしつつ、やはり独自の視点から解読してゆく、このまったく新しい「評伝」の衝撃的な魅力は、とうてい一言で表わせるものではありません。真剣にスタール夫人に向きあいたいと思われる方は、直接手に取ってお読みいただくしかないと思います。

フランス革命からナポレオン執政の一時代を、畏れや躊躇とは無縁に思える、溢れる活力と迫力で生き抜いた、きわめて知性的なひとりの女性の姿が工藤氏によって示された以上、スタール夫人を「文学」や「作家」という狭い枠組みの中でとらえ、「前期ロマン主義の母」といったステレオタイプを踏襲してゆくことが完全に時代遅れであることを実感させられます。「文学」「思想」はもとより、「社会」「歴史」「政治」「宗教」という広範な領域において、さらに新しいスタール夫人像が提示されてくることが予感されますし、また大いに期待されるところです。

既存の民主主義国家においてさえ、そもそも民主主義とは何かという新たな問いかけがなされるようになっています。二〇二〇年に翻訳出版された『リベラリズム　失われた歴史と現在』（青土社、二〇二〇年）において、スウェーデン出身でニューヨーク州立大学教授であるヘレナ・ローゼンブラット氏が、歴史学者・政治学者の立場から民主主義の「失われた歴史」を探る中で、近代民主主義の基礎を築いた立役者としてクローズアップしているのが、まさにスタール夫人と、その愛人であったとされる作家、バンジャマン・コンスタンの存在です。

二〇二一年一月十九日付朝日新聞朝刊の「米保守・リベラルの混迷」と題したオピニオン記事の中で、ローゼンブラット教授は、民主主義思想は英米の専売特許ではなく、フランスやドイツなど様々な国の歴史的経験の産物であるとし、リベラリズム思想の発展に大きく寄与した人物として、「たとえば十八世紀から十九世紀のフランスで活躍したスタール夫人とコンスタンがいます。十分に評価されていない思想家ですが、政治的概念としてのリベラリズムの誕生に重要な役割を果たしました」と語っています。「当時、ポピュリスト政治家という言葉はありませんでしたが、ナポレオンが国民の支持で権力を握り、反対する者を弾圧しました。それに対抗して、自由や寛容を大切にすべきだと主張したのが彼らでした。ポピュリスト政治家が国民を扇動し、『我々こそ人々を代表する』と、好き放題をする。〔民主主義思想は〕その時、個人の自由を守るための考えとして生まれたのです」と、民主主義が確立される上で、スタール夫人とコンスタンの二人が果たした貢献の意義を語っています。日刊紙の、文芸欄ではなく、一般のオピニオン欄でスタール夫人の名前を発見したことに驚く自分の意識の遅れを痛感したことも書き添えておきたいと思います。

文学史の上で長く受け継がれてきたある種のステレオタイプを脱却するスタール夫人論がこれからどのような形で展開してゆくのか、新たな期待を感じています。

このたびご紹介する作品『三つの物語』は、波乱に満ちたスタール夫人の生涯を見渡すと、そのごく初期に書かれたものです。『断片集』が刊行されたのは一七九五年でしたが、同じ年に刊行された第二版には、最初に述べたとおり、ごく短い序文が添えられており、そこには『三つの物語』を執筆したときには、自分はまだ二十歳になっていなかったと記されています。スタール夫人が生まれたのは一七六六年ですから、序文の言葉をそのまま受け取るならば、『三つの物語』が執筆されたのは一七八六年より以前ということになります。フランス革命が社会を根底から揺るがせ、それとともにスタール夫人の人生が歴史の大きなうねりの中に取り込まれてゆく、その前に書かれた、まさに「若書き」の小説なのです。場合によっては見過ごされてしまっても仕方がないような、そんな作品かもしれませんが、同時に、あとに続く精力的な執筆活動とその膨大な著作全般のまさに出発点として、その全貌を知る最初の手掛かりともなりうるものだといってもよいでしょう。
また、作品のジャンルにあまり意味はないかもしれませんが、いちおう「小説」というものに限ってみると、理論家として『文学論』を堂々と掲げる当の人物が実際に小説も手掛けている以上、少々意地が悪いようですが、それが本人の「理論」を裏付け、じゅうぶんに説得力をもつだけのものであるのかは、おおいに興味をそそられるところではあります。代表作である『デルフィーヌ』と『コリンヌ』の二篇は、まさに大長編小説であり、小説家としてのスタール夫人の「お手並みを拝見する」という点では、いささかとっつきにくいかもしれません。『三つの物語』は、「若書き」のものであったという点を差し引いたとしても、「小説家」としてのスタール夫人に、実際に、しかも気軽に接していただくにはお誂《あつら》え向きの作品であると言えるでしょう。

若きネッケル嬢の肖像

ところで、「スタール夫人」という呼称は、考えてみればたいへん奇妙なものです。もちろん、十七世紀の書簡文学で有名なセヴィニエ夫人や、『クレーヴの奥方』の作者ラファイエット夫人をはじめとして、さらに歴史を彩る夥しい数の「〇〇夫人」、「〇〇公爵夫人」「〇〇侯爵夫人」……の中にあっては、けっして特別なものではなく、ただの記号だと思えばよいのですが、その正式な名前は、アンヌ＝ルイーズ＝ジェルメーヌ・ド・スタールです。ド・スタールは、一七八六年、二十歳のときに結婚した夫、エリック＝マグヌス・ド・スタール男爵の姓にほかなりません。在フランスのスウェーデン大使であったド・スタール男爵との結婚は、スイス出身でプロテスタントの家系であるという制約の中で成立したものとも言われていますが、その実質的な結婚生活は短いもので、一八〇〇年に正式に離婚が成立しています。また、スタール夫人はそれ以前にもナルボンヌ伯爵やコンスタンなど、複数の男性と愛人関係にあり、複数の婚外子をもうけてもいます。繰り返しになりますが、これまでに触れたとおり、一七九五年の『断片集』第二版刊行にあたってスタール夫人自身が寄せたごく短い「序文」の内容を信じるならば、『三つの物語』を書いたとき、スタール夫人は二十歳になっていなかった、つまり、一七九五年に刊行されたこれらの物語が実際に書かれたのは、ド・スタール男爵と結婚した一七八六年よりも前のことだということになります。一七六六年にパリで生まれた時点から二十年の間、つまり、『断片集』におさめられることになる『三つの物語』物語を執筆していたときの彼女は、厳密にいえば、アンヌ＝ルイーズ＝ジェルメーヌ・ネッケルだったということになります。

この旧姓が示す通り、スタール夫人は、スイス出身の銀行家であり、ルイ十六世の財務総監も務めたジャック・ネッケルの娘でした。外国人、しかもカトリック教徒ではなくプロテスタントのキリスト教徒でありながら、国王の財務総監というきわめて高位にあった父の存在だけでも、その恵まれた境遇は想像がつきますが、母親であるシュザンヌ・ネッケル夫人もまた自らサロンを主宰するたいへんな才女でした。十七世紀からのサロンの歴史を詳述した赤木昭三・赤木富美子両氏の『サロンの思想史　デカルトから啓蒙思想へ』（名古屋大学出版会、二〇〇三年）では、十八世紀後半の「啓蒙思想の伝播と深化にもっと大きく寄与した」サロンのひとつとして、「金曜に開かれてディドロ、グリム、マルモンテル、ダランベール、レナル、エルヴェシウスらをあつめ、七年間、大蔵大臣の役を果たしていた夫を通して、その時代の政治や経済にまで直接働きかけることもできたネッケル夫人のサロン」（二六九頁）が挙げられていますが、ネッケル夫人は、自分の娘に対してもたいへん教育熱心な女性で、革命前のサロン文化のまさに中心で、そのひとり娘の教養は育まれていったわけです。

ジャンリス夫人の『回想録』

若きジェルメーヌ・ネッケル嬢の姿を、同時代人が描写した文章が残されています。二〇一三年に刊行されたガリマール社版の『三つの物語』の編者であるマルティーヌ・リード氏が、その解説の中で紹介しているのが、国王ルイ＝フィリップの養育係を務めたジャンリス夫人が十巻に及ぶ『回想録』の中に記した、若きネッケル嬢に言及した一文です。

> きれいな娘ではなかったけれど、じつに生き生きとしていて、いささか口数が多すぎるきらい

はありましたが、気の利いた口のきき方のできるお子さんでした。〔…〕ネッケル夫人は、娘を一日の四分の三の時間、みずから主催するサロンで過ごさせていて、躾はまったくなっていませんでした〔…〕。綺羅、星のごとき才人たちがネッケル嬢を相手に情念や色恋の話におおいに興じていたものです。〔…〕彼女は才気煥発で弁が立ち、あまり深く考えずに話すことを覚え、物を書く際にもそれは同じでしたね

ジャンリス夫人の『回想録』第二十六章（一七八九）を繙いてみると、ネッケル夫人の訪問を受けたときに、夫人が連れてきた娘の様子が詳しく記されています。マルティーヌ・リード氏の引用箇所で省略されている箇所を補って紹介しておきたいと思います。

彼女は娘をわたしのところに連れてきました。娘はまだ結婚はしておらず、十六歳でした。きれいな子ではなかったけれど、とても生き生きとしていて、いささか口数が多するきらいはありましたが、気の利いた口のきき方のできるお子さんでした

つづけて、この折に、みずから手がけた戯曲をもとにした小説を朗読して聞かせた時のネッケル嬢の様子を次のように記しています。

この朗読の際にこの娘の示した熱狂ぶりと溢れんばかりの感情の表出を、わたしにはうまく表現することはできません。彼女はわたしを驚かせはしましたが、嬉しくはありませんでした。彼女は涙を流し、ページごとに感嘆の叫びを上げ、ひっきりなしにわたしの手に口づけをし、わたしを何度も抱きしめました。この同じ人物が、いつの日か、自分の敵になろうとは、夢にも思いませんでした。ネッケル夫人の娘への躾はまったくなっていなくて、夫人は一日の四分の三の時間を、自らが主宰するサロンで、ネッケル嬢の取り巻きである、当代きっての綺羅、星のごとき才人たちとともに過ごさせていました。母親が、他の人たち、とりわけ母親を訪ねてくるご婦人がたの相手をしているいっぽう、これらの才人たちはネッケル嬢を相手に情念や色恋の話におおいに興じていたものです。自身の部屋で、優れた書物を相手に、ひとりで過ごしたほうが娘のためになったでしょうに。彼女は才気煥発で弁が立ち、あまり深く考えずに話すことを覚え、物を書く際にもそれは同じでしたね。彼女には教育が足りておらず、何ひとつ掘り下げてみることはありませんでした。彼女が自分の著書の中に書き残したのは、ちゃんとした読書の記憶の結果ではなく、数限りないおぼろげな記憶や脈絡のない会話でした。

（Madame de Genlis, *Mémoires de Madame de Genlis, sur la cour, la ville et les salons de Paris,* Gustave Barba, 1868, pp.91-92）

話はやや逸れますが、若きネッケル嬢についてこのように手厳しい、じつに意地の悪い「回想」をしたためたジャンリス夫人は、このほかにも、同じ『回想録』の第三十四章（一八〇三－〇四）で、シャトーブリアンに触れた折に、スタール夫人となったこの同じ人物を、後で触れることになる自殺の問題をめぐって厳しく非難し、その文体について「不正確」「曖昧」「滑稽」と、容赦のない批判を繰り返してきたことを隠そうとはしていませんが、最終的にはスタール夫人に対して、「高名で優れた精神に恵まれた女性のひとり」と賛辞を贈っています。

文学について語る以上、スタール夫人について、ひと言論じておかなくてはいけません。わたしが自分の著作の中で彼女を批判しているのは、彼女がその著書の中で、公然と道徳と宗教を攻撃しているという理由からでしかありません。それさえなければ、彼女を非難するのは、彼女の文体の不正確さと曖昧さだけで済んだはずで、彼女の書いたものにじつに多数見受けられる滑稽な文章の一部を引き合いに出したりすることもなかったでしょう。わたしがそういった批評をしたのも、社交上の礼節をじゅうぶんにわきまえた上でのことであり、彼女という人物とその性質についてはつねに敬意を失しない口調を用いたつもりです。わたしがとりわけ強く咎めたのは、彼女が自殺を賛美したことです。彼女はこの罪を、なんと、崇高な行いだと称しているのですから！　道徳と宗教と文学のために、わたしは、スタール夫人の著作にみられる感情と文章を笑いものにしたのです。王政復古以降、彼女は、自分は悔い改めており、自殺についてしたためたすべてを撤回すると記しています。スタール夫人は今後もずっと高名で優れた精神に恵まれた女性のひとりとして扱われることでしょう

(pp.122-123)

ジャンリス夫人は一七八二年に『アデルとテオドール　あるいは教育に関する書簡』という作品を出版しています。この点に関して、ガリマール版の註で、編者のマルティーヌ・リード氏は、スタール夫人の『三つの物語』の「アデライードとテオドール」というタイトルは、ジャンリス夫人のこの作品名を意識したものであると指摘し、スタール夫人が『文学論』の第五章第二部で、ジャンリス夫人に言及した「状況の描写と感情の観察においては、彼女は優れた作家たちの中でも第一級の存在である」という一文を紹介しています。

話はさらに本筋から外れますが、ジャンリス夫人は、自らもサロンを主催しており、ジェルメーヌの母親である同世代のネッケル夫人についても、時に、含みのある表現で、少々意地の悪い批判をこめることがあり、同世代のふたりの才女がしのぎを削りあうライヴァル関係にあったことが窺えます。いっぽう、世代の異なるスタール夫人のほうでは、母親世代のジャンリス夫人に対して、一定の評価と敬意を表わしていることも付け加えておきたいと思います。

サント＝ブーヴの『女性の肖像』

若きネッケル嬢の姿を描いたものとして、もうひとつ、工藤庸子氏の著書にも引かれているサント＝ブーヴの『女性の肖像』の一節をあげておきたいと思います。ジャンリス夫人のように、直接の接点があったわけではなく、綺羅、星のごとき取り巻きの面々の具体名も挙げた若きネッケル嬢の「肖像」は、この書き手ならではの豊かな想像によるものも少なからず混ざっているように思えますが、ある種、広く認識されているイメージとして受け止めておきたいと思います。

ジェルメーヌ・ネッケル嬢は、やや融通の利かない母親の厳格さと、快活あるいは雄弁なる父親の励ましに挟まれて育ち、おのずと父親のほうに親しむ一方で、早くから神童ぶりを発揮した。サロンでは母親の肘掛椅子のかたわらに小さな木のスツールが用意されており、背筋をしゃんとして坐るように躾けられていた。しかしネッケル夫人が押しつけられないものがあり、それは並み居る著名人に対する少女の応答である。グリム、トマ、レナル、ギボン、マルモンテルなどがこのんで少女をとりかこみ、あれこれ問いかけては挑発するのだが、少女が返す言葉に窮することはなかったという。

（工藤庸子訳、前掲書、一四－一五頁）

サント＝ブーヴは、さらに、のちにスタール夫人の死後に全集の前書きをしたためることになる従姉（ネッケルの甥の夫人）のネッケル・ド・ソシュール夫人の記述として、早熟な年若いネッケル嬢の才能溢れる、生き生きとした様子も紹介しています。

ネッケル嬢はその年齢としては程度の高い書物を読み、芝居を観に行き、その帰りには芝居の台詞の一部を引用して披露して見せたものだ。もっと幼い時の彼女の遊びは、紙で王様や王妃様の姿を切り抜き、それで悲劇を上演してみせることだった。ゲーテがマリオネットを所有していたということだが、それこそが彼女のマリオネットだったのだ。劇的な本能、そして、感動し、それを表現せずにはいられない気持ちが、彼女のすべてを通じて露わになっていた。ネッケル嬢は、十一歳で、すでに当時のはやりであった人物描写の一文や演説文をものしていたのだ。十五歳のときには、『法の精神』からの抜粋に、みずからの見解を書き添えてもいる。

(Sainte-Beuve, *Portraits de femmes*, Didier, 1844, p.59)

それぞれに優れた資質を持ち、きわめて高い社会的地位にある富裕な両親の愛情と期待を受け、ごく幼いときから当代きっての知識人に囲まれて育つという、恵まれすぎるほど恵まれた知的・文化的な環境に身を置いていた、早熟な、才気煥発な若き令嬢の姿が、これでもかと浮かび上がってきます。

やがてナポレオンと政治的に対峙し、追放の憂き目にあいながら、みずからの政治的主張を揺るがすことなく、堂々たる態度を貫いた怒涛の人生、そして『文学論』『ドイツ論』や大長編小説『コリンヌ』『デルフィーヌ』などの力強い著作……この『三つの物語』は、いわば、正真正銘の「スタール夫人」となる前の、けれども、確実に「スタール夫人」となる素質に恵まれ、その運命を進んで背負い、引き受けるだけの力を確実に育くみつつあった若きジェルメール・ネッケル嬢によって書かれた物語なのです。

作家デビュー

ネッケル嬢が正式に作家としてのデビューを果たすのは、革命の前年である一七八八年、結婚によってネッケル嬢から文字通り「スタール夫人」となってからのことでした。上梓されたのは『ジャン＝ジャック・ルソーの著作と性格についての書簡』です。当時ルソーの作品がサロンの夫人たちの間で愛読されていたことは広く知られていますが、先に挙げた『サロンの思想史』でも、『回想録』の著者であるジャンリス夫人らが『エミール』の教育論に共感していた（実践した教育は別にして）ことや、『新エロイーズ』が十八世紀最大のベストセラーとなって熱狂的に読まれ、その「プレ・ロマンティックな心情が、ルソーの愛読者であったネッケル夫人や、その娘のスタール夫人、シャトーブリアンのようなサロンの紳士、夫人たちをもとらえていた」（三一三頁）と、わざわざネッケル夫人とスタール夫人母娘の名前を挙げて記されています。

処女出版となったルソーについての著作は、最初はわずか二十部ほど、限定された読み手にのみ向けて出されたものでした。ふたたびサント＝ブーヴの記述を引いておきたいと思います、

ジャン＝ジャック・ルソーについての書簡は一七八七年から書かれたものだが、実のところ、これこそが、スタール夫人の作家としての出発点となる年を特定すべき処女作である。すでに確固たる揺るぎ無さと雄弁なる説得力が備わり、それまでおぼろげながらに試行錯誤を繰り返してきた彼女の才能が実を結んだものである。グリムはその書簡の中でこの魅力的な作品に言及するとともに、その抜粋を載せてもいる。この書物は、最初は二十部ほどしか印刷されず、きわめて限られた範囲にしか配布されなかったのだが、時をおかずして公に出版されるという栄誉に浴することとなった。この本を引用するに先立って、ネッケル夫人のサロンの才気煥発なる常連〔であるグリム〕は、この若い人物を誉めそやし、その特徴をつぎのように記している。「彼女はその年齢ならではの夢想と、都会や宮廷の快楽、父親の栄光と本人の名声がもたらす賛辞、それらのすべてに囲まれている。さらに付け加えれば、読み手に高く評価されたいという本人の意欲は、それだけでも天賦の才と運命とが彼女に惜しみなく与えたその能力のすべてを補って余りあるものである。

(Sainte-Beuve, *op.cit.*, p.70)

順風すぎるほど順風な追い風を受けて『ルソー論』が出版されたものであったことが、あらためて実感されます。一八一四年、晩年に再版された『ルソー論』に付した序文で、スタール夫人自身も、最初のルソー論は「本人の承諾のないところで刊行されてしまい、自分は偶然によって文学の道に誘い込まれた」と述懐しています。グリムのものとして引かれているこの一文は、その言葉を裏付けるものであることはたしかですが、最後の数行から窺えるのは、むしろ、その偶然を必然として受け止めている本人の表現欲求の高さや、作家を目指す並々ならない野心のようなもののように思えます。

工藤庸子氏は、書簡体で書かれた『ルソー論』は、「伝統ある文芸サロンへの慇懃な配慮と若々しい政治の討論空間への呼びかけとを同居させ、思想家ルソーへの賛辞に政治家ネッケルへの礼賛を潜ませた不思議な刊行物と要約しておこう」（前掲書、四三頁）と、これを冷静に評価しています。ある社会階層・知的階層の中で誰もが一目置くスターである書き手の、その特別な存在ありきのデビューそのものが「事件」であったわけですから、作品にたいする評価がどのようなものであったのかは、実のところ判然としません。また、スタール夫人は、みずからの作品をどのように捉えていたのかという点も個人的にはおおいに興味の湧くところです。

「感性」のトリプティック

『三つの物語』については、一七九五年の『断片集』第二版に付された序文で、スタール夫人自身が二十歳にも満たない年齢で書きあげた作品であると記していることはすでに述べましたが、この序文でさらに注目すべき点は、これらの物語には「シチュエーションが示されているだけで、展開されてはいません」「いずれも小説の名に値しません」と、作者自身が、作品の未熟さ、不完全さをみずから認めてるという点です。単なる謙遜ともとれなくはないのでしょうけれど、『三つの物語』は、作者が満を持して書き上げた自信作を意気揚々と上梓するというのではないということ、あるいは、すくなくとも、本人が読み手にそう思われたくないと思っていることはたしかです。しかも『ルソー論』のときのように、本人が意図していないところで周囲が勝手に刊行を後押しし、盛り上げてくれているという、そういう幸福な状況での「てらい」といった気配がまったく感じられない文章です。

一七八九年を挟んで、時代は、作家としての道を順風満帆に歩み始めた時とも、ましてや、これらの「物語」を実際に執筆していたジェルメーヌ嬢の時代とも大きく異なっていたはずです。国家財政の立て直しに奔走していたネッケル氏も、財務顧問を罷免されたのちに一旦復帰し、その後、ふたたび職を解かれ、その命運は革命の荒波に大きく翻弄されてゆきます。華やかなサロン文化のただなかにいたネッケル嬢は、結婚してスタール夫人となり、愛人もでき、父親の異なる複数の子供も産み、革命の激化にともなって、その行動や発信も次第に政治的な色を帯びてゆきます。パリを離れて父親ゆかりの地であるスイスに身を移し、パリとの間で往復を繰り返しながら、『情念論』などの新たな執筆活動に打ち込むことになってゆくそんな時に、わざわざ出版された「若書き」の物語がどのようなものであり、十年近く寝かせておいた作品の刊行にはどのような意味があったのかは、一考に値するものです。

まずは、虚心坦懐にひとつの作品として『三つの物語』を評価してみようと思うのですが、単なる好き嫌いの問題ということではなく、これを読み、楽しむためには、何度も触れている序文での中で吐露されている「わたしの知性がじゅうぶんな力を得て、さらに有益な作品に打ち込めるようになりたい」というスタール夫人本人の言をまたずとも、作品の完成度を高めるために磨きをかける余地が大いに残されていることは否めないでしょう。

「アデライードとテオドール」と「ポーリーヌの物語」のふたつの物語は、登場人物の置かれた状況や舞台の設定こそ異なっていますが、いずれも、若く、世間知らずの女性主人公が、その幼さと無知ゆえに、悪徳に染まった後見人に翻弄され、あわや身を滅ぼそうとしていたところを、徳高い年長の女性に導かれ、世間から隔絶された田園に身を置いて、快楽と虚栄とは縁遠い日々を送り、読書と思索を重ねて生まれ変わり、やがて恋に落ち、高潔な男性と結ばれる……というものです。

しかし、幸せな人生は続かず、過去につながる過ちが悲劇を招くという、ほぼ同じパターンでストーリーが展開されてゆきます。

無知、快楽、放埒《ほうらつ》に対して、教養、禁欲、清貧という対立が、華やかな都会の喧騒と自然豊かな田舎の静寂との対立に重ねられている点も、またヒロインを悪へと導く男性と、善へとその再生を促す年上の女性の存在を対立させている点でも、ほぼ同じ構図が見られます。さらに、運命の出会いで結ばれる相手は、容姿においても、人格においても、また出自においても問題のない理想的な男性ですが、繊細さ、あるいは高潔さのゆえに、あまりに脆い存在であるという点もほぼ同じ。また、ヒロインが、過去の過ちや、みずからの軽率さによって、ようやく手に入れた幸せを失ってしまうという教訓的な結末も、ふたつの作品に共通しています。

「若書き」の作品だからと言ってしまえばそれまでですが、作家としての意識も——もちろん推察ではありますが——それほど明確ではなく、きわめて恵まれた特権的な社会環境に身を置き、限られた人生経験を積んだだけの、おそらく頭でっかちの文学少女であったと思われる若い令嬢の中にあった「物語」の要素が、ふたつの物語に凝縮され、なんの手も加えられない「生《なま》の」状態で、驚くほどわかりやすく、しかも草稿やメモなどではなく、れっきとした作品として書物におさめられているというのは、読み手にとっては、なかなかにありがたいことだとも思えます。この作家の原点にある「物語とは何か、小説とは何か」という問いにたいする素朴な答えが、作品をどのように提示するかという理性的なフィルターを通すことなく、いわば、あられもない姿のまま示されているのですから。

ふたたびサント＝ブーヴの言葉を借りることになりますが、この二篇の中編小説を総括するために、この評論家がスタール夫人の初期の作品に与えた言葉を引いておきたいと思います。

けれども彼女の中でもっとも重要な位置を占めていたものは、十八世紀末に、主としてジャン＝ジャック〔・ルソー〕の影響を受けて若者たちの心を支配するようになっており、同じ世紀に、そののち繰り広げられることになる過剰なほどの分析と懐疑的な主張とは、じつに奇妙な対照をみせる、この感性なのである。魂にそなわっている本能的な強さが示す、やや混乱したこの反撃の中で、夢想、憂鬱、憐れみ、そして才能、自然、徳、不幸にたいする高揚といった、『新エロイーズ』が広めたこれらの感情が、ネッケル嬢の心を大きくとらえ、その初期の人生全般に、そしてその作品に、無邪気なほど大げさな色調を刷りこんだのだ。笑いを誘いはするものの、その魅力はけっして失われることはない。

(Sainte-Beuve, *op.cit.*, p.65)

三篇の中では、舞台を遠いアフリカの地に設定し、手紙という枠組みの中で、さらに失った恋の当事者である男性を語り手に配した「物語の中の物語」という「入れ子」の構造を持ち、何よりも、その中で奴隷問題を取り上げ、単に三角貿易を批判するにとどまらず、黒人自身による現地でのプランテーション経営という、驚くほど先進的なアイデアをとりいれているという意味で、明らかにある政治的・社会的メッセージがこめられた「ミルザ」は、三篇の中では異色の作品です。ジョロフとカジョールという実在の二大勢力の対立を作品に取り込み、セネガルの地で敵対するのふたつの部族に属するキシメオとミルザという男女の、ロミオとジュリエットを彷彿とさせる悲恋が描かれますが、その細部には、アデライードやポーリーヌとを主人公にしたふたつの物語と響きあう要素がいくつも仕込まれている点を見逃すことはできません。

たとえば、ヒロインのミルザは、本国を逃れ、森の奥深くに隠遁していたあるフランス人からかつて高い教養を授けられていた女性であるという設定がなされていますが、アデライードやポーリーヌの人格形成に、読書による教養の育成が大きく貢献していたことと重なります。強烈な太陽にさらされたアフリカの大地を舞台にしていますが、恋するふたりが逢瀬を重ねるのは、かつてミルザの知的な涵養の場となったのと同じ、山の奥深い閉ざされた森の中で、そこだけは、他の二作品の舞台ともなっている鬱蒼たる森の緑と静寂のイメージに覆われています。また、アポロンの像を彷彿とさせる強靭《きょうじん》で美男の恋人キシメオも、理想化された愛を真摯に求めるヒロインの魂の高潔さや、その思いの深さの前にあっては、同じ部族の女性ウーリカを妻とし、部族の掟を優先させ、ミルザにたいするみずからの思いを貫くだけの徹底した情念の強さや精神の強靭さを欠いた存在であることを露呈してしまいます。

何よりも惜しまれるのが、「ミルザ」という作品が語りの重層性を試み、特別な舞台設定と登場人物の造形とによって、明確な人道的・社会的メッセージを帯びた、他の二篇とは明らかに一線を画した物語でありながら、最後の最後、ヒロインの自死という悲劇的な結末によって、一気に「アデライード」や「ポーリーヌ」と同化してしまい、サント゠ブーヴの指摘にあるように、時代の感性に支配され、無邪気なほど大げさにその感性を刷りこまれた三幅対を完成させるための一部となってしまっていることです。『三つの物語』と題されていることに、その意味では、納得せざるをえないのです。この一篇は、他の二篇にも増して、スタール夫人自身の言葉にあるように、さらに「知性がじゅうぶんな力を得て」「さらに有益な作品」たりえたのではないかとの思いを強くせずにはいられません。

自殺・絶望死という結末

「ミルザ」を他の二篇に同化させてしまっている複数の要素の中で、もっとも大きな意味をもつのは、結末に訪れるヒロインの悲劇的な死です。

ミルザは、奴隷としてヨーロッパに送られそうになって自害しようとするキシメオの身代わりとなることを申し出ますが、その高邁さに心を動かされた総督によって自由を与えられた直後、手にした矢でみずからの心臓を貫いて命を絶ってしまいます。

また、アデライードは夫の遺言通り、胎内に宿った命を育んで無事に出産を終えたのちに、隠しもっていた阿片を口に含んで果て、もうひとりのヒロインであるポーリーヌは、自死ではありませんが、過去の秘密が原因で、愛する夫が決闘で相手の命を奪うという悲惨な出来事に絶望し、やはり愛の結晶ともいうべきわが子を残して、苦しみのうちに息絶えてしまいます。スタール夫人の代表作である大長編小説『デルフィーヌ』と『コリンヌ』でも、ヒロインはいずれも悲劇的な死を迎えるのですが、その原型は、この「若書き」の『三つの物語』ですでに出来上がっていたことになります。

一八一三年にスタール夫人は『自殺についての考察』(以下、『自殺論』と表記)を発表しています。神の摂理と人間の自由な意志をめぐる宗教的・哲学的な観点から、人間の苦悩と道徳的尊厳という難解な問題に冷静に切り込むこの書が自殺を擁護するものでないことは明らかです。

しかし、「不幸な人のために書かなくていけません」、「不幸が過度に昂じることが、自殺という考えを生むのです」という「語り」から始まり、さらに「重圧に押しつぶされる人を美化してはなりません。重圧を抱えたまま歩むことができるとすれば、その人たちの道徳的な力は、より大きいものですから」と、直後にきわめて理性的に補足されてはいますが、「人生を嫌悪せざるを得ないほどに不幸な人を憎んではなりません」と、自殺する人に寄り添う姿勢を隠そうとはせず、先に触れたジャンリス夫人のように自殺を一方的に非難する人については、その非難の仕方につぎのように釘を刺しているのです。

自殺を普通に非難する人たちは、義務と理性という場に身を置き、しばしば自分の意見を主張するために、対立する人たちを傷つける恐れのある、ある種の軽蔑的な表現を用いています。彼らの表現は、熱狂一般にたいする不当な攻撃、譴責を含んでいますが、それは罪ある行為の名に値するものです。そうではなく、運命を甘受することが、運命に反旗を翻すことよりも、いかに高位のことであるかを容易に示すことができるのは、真の熱狂とは何かという原理原則そのもの、すなわち、立派な道徳にたいする愛によってなのです。

(Mad. la baronne de Staël-Holstein, *Réflexions sur le suicide*, Édition originale, à Berln, 1813, p.2)

さらに「みずからの死を決断するその動機によって、自殺という行為は全く異なったものとなります」として、「徳のための自己犠牲と苦痛を逃れる手段としての自殺は異なるものである」とか、「自殺を卑劣な行為と断じるのではなく、毅然と命を絶つことの勇敢さを見分ける必要がある」と、自殺という行為を言下に否定しきれないことをうかがわせる記述が見え隠れしていることに、どうしても目が止まってしまいます。

『自殺論』では、自殺の原因として、破産や地位の失墜、あるいは肉体の苦しみといったものとともに、まず第一に恋・愛というものが挙げられ、「恋が引きおこすすべての不幸のうち、魂の力が潰《つい》えてしまう可能性のある唯一のもの」とは、「人が愛し、また愛された相手の死」であると記されています。「みずからの存在との境目がなくなってしまった心［心臓］が墓場で冷たく眠っているときには、心のうちの震えが、その人の本質全体を曇らせてしまいます。この苦悩は、苦しみに対抗できる力として神が私たちにお与えになったものを凌駕する唯一のものだと思われます」という記述は、何十年も前の若い娘時代に作り上げたヒロインたちが、自ら命を絶つ、あるいは苦しみのうちに絶命するという一連の結末に、そのまま重なってきます。

工藤庸子氏は前掲書において『情念論』の詳細な分析をおこない、第四章「愛について」に挿入された「注記」から、このようなスタール夫人の「憂愁に満ちた愛のヴィジョン」を紹介しています。

おお！　唯一の友のために命を差し出す日の幸福よ！　絶対的な献身によって言葉に尽くせぬ感情を見抜いてもらえるのならば！　絶対的な献身によって言葉に尽くせぬ感情を見抜いてもらえるのならば！　愛する人とともに死刑を宣告された女は、歓喜とともに処刑台へ歩む、自分だけ生きながらえる苦しみから解き放たれ、誇らしく恋人の運命を分かちあい、いつの日か愛を失うこともあろうからと予感して、狂おしくも優しい感情に浸りつつ永遠の契りである死

を慈しむ。　　　　　　　　　　　　　　　　　　（前掲書、一一六頁）

『自殺論』の中で、著者がその生涯を紹介しているイギリス女王ジェイン・グレインなどの歴史上の人物と、自身の作品のヒロインであるデルフィーヌや、一七八四年に執筆した短いフィクション、『ズュルマ——ある作品の断片』のズュルマを例に挙げて、工藤氏は「愛は死によって成就するという確信」をもって命を懸けた女性たちの最期の姿が「スタール夫人の夢見る理想の死」であると述べていますが、ミルザも、そして英雄的な死ではありませんが、ある意味でアデライードもポーリーヌも、まさしくスタール夫人の作品の中で、この「理想の死」を遂げた最初の女性たちだったと言えるでしょう。

『三つの物語』と三角貿易

「ミルザ　あるいはある旅行者の手紙」が他の二篇と同じように、愛と死の理想を具現化し、ルソーの時代の「感性」を色濃く帯びた作品であることを指摘してきましたが、同時に、この作品が、アフリカ奴隷の存在を意識し、悲劇的な結末にからめて、それを批判的に捉えた作品であることは言うまでもありません。

アフリカのセネガルを舞台としたこの悲恋の物語で、ヒロインであるミルザが自らの命を絶つ悲劇の場面は、セネガル海岸の沖合にあるゴア島に設定されています。

ゴア島は、一七八三年からフランス領となっていますが、十九世紀後半にアメリカ大陸ならびにアンティル諸島に送られる奴隷たちの乗船地となっていました。現在では奴隷博物館、奴隷記念館として用いられている奴隷たちの家がありますが、この物語が当時の奴隷問題を強く意識したものであることは言うまでもありません。

このセネガルのゴア島を別にすると、『三つの物語』を通して、具体的な土地名はほとんど登場しませんが、数少ない地名が記されているのは、いずれも「ポーリーヌの物語」です。サン＝ドマングで育った主人公ポーリーヌが、亡き父とかつて深い縁のあった教養ある篤志家の女性の導きを得て、フランス本土に渡り、ル・アーヴルの地で、堕落した人生の再起をはかったものの、サン＝ドマング時代の出来事が因縁となって生じる悲劇を描いたこの物語は、一見奴隷問題とは無関係に見えますが、じつはゴア島と緊密に連動した舞台設定がなされている点は注目に値します。

フランス語の「サン＝ドマング」はスペイン語では「サント・ドミンゴ」となりますが、現在のサン＝ドマングは、カリブ海、アンティル諸島の中心的な国際都市で、ドミニカ共和国の首都です。一四九二年のクリストファー・コロンブス上陸後、イスパニョーラ島と名付けられたアンティル諸島は、新大陸の探検・征服の拠点となってきましたが、このうち、現在のハイチ共和国にあたる地域がフランス領となり、「サン＝ドマング」と称されました。大量のアフリカ奴隷を労働力とした大規模プランテーションが営まれ、一七四〇年代にはジャマイカとともに世界最大の砂糖供給地となっていた土地です。ちなみに、一八〇一年には、アフリカ人奴隷による最大規模の反乱であるハイチ革命が起きています。

そして、ヒロインであるポーリーヌの人生再生の地、ル・アーヴルですが、こちらはフランス北西部、ルーアンを中心とするノルマンディー地方、セーヌ川河口の北岸にある工業都市です。セネガルやハイチという植民地とは一見無縁のように思われますが、マルセイユに次ぐフランス有数のこの港湾都市が大西洋航路の発着地となっていることに目を向けなくてはいけないでしょう。大航海時代にフランソワ一世の命により建造されたルーアンの人工港は、もともとは対イギリスの軍事拠点でしたが、十八世紀後半には、商業港として栄えるようになり、ル・アーヴルもフランス領サン゠ドマングからの砂糖、コーヒーの搬入とともに、アフリカから連れてこられた大量の黒人奴隷を、砂糖やコーヒーのプランテーションに供給する奴隷貿易でも栄えていました。

アンティル諸島のプランテーションで砂糖栽培がおこなわれ、そこでの労働力を供給していたのが、アフリカでの黒人奴隷貿易であり、大西洋に面した港町ル・アーヴルは奴隷貿易と並んで、アンティル諸島で栽培された砂糖の輸入で栄える……『三つの物語』の舞台として、具体的な名前が記されているセネガルのゴア島、サン゠ドマング、ル・アーヴルという三つの土地から浮かび上がってくるのは、まさしくこの三角貿易の構図にほかなりません。

啓蒙の時代と奴隷制度廃止論

三角貿易で得られる莫大な富の恩恵を受け、これを支持する勢力と、人道的な立場からこれを支えている奴隷制度を批判する勢力の間で活発な議論が展開されていた時代ですが、奴隷制度を糾弾した作品として想起されるもののひとつとして、ここでは、啓蒙の時代を代表するヴォルテールの『カンディード』を例に挙げておきたいと思います。寓意に満ち、諧謔と皮肉に溢れたあまりにも有名な作品ですが、その第十九章で語られるのは、かの黄金郷エルドラードをあとにした主人公カンディードと旅の伴カンボが、スリナムという地で遭遇するエピソードです。町に近づいたところでふたりが出会ったのは、青い布の下ばき一つという姿で、地上に倒れている、左脚と右手をなくした一人の黒人でした。

「こんなひどい様子をして、君はここで何をしているのか」と尋ねるカンディードに、黒人はこう答えます。

「おいらは着るものといったら、年に二度布の下ばきをもらうだけなんで。砂糖工場で働いていて、臼に指をくわれたら手を切られる、逃げようとすりゃ脚を切られる、おいら、こいつを両方ともやられたんだ。そのおかげで旦那方はヨーロッパで砂糖が食えるんですぜ。しかし、おっ母あがギニアの海岸で、おいらをパタゴニアの銀十枚で売った時にいいましたがね。可愛い坊や、物神様を拝んでいつもお礼を申しなよ。仕合せにして下さるんだからね。白人の旦那方の奴隷になるのは名誉なもんだ。おめぇの父っつあんもおっ母あもそれで金持ちになれるんだよ。ああ！　おいら親を金持ちにしてやったかもしらねぇが、親の方ではおいらを金持ちにしてくれたわけじゃねぇ。犬や猿や鸚鵡のほうがおいらよりも千倍も不仕合せじゃねぇや」

奴隷の話を聞いたカンディードは、「楽天主義を棄てねばならないのか」と思うに至り、楽天主義とは何かを問うカンボにこう答えます。

「それは不幸な目にあってもすべては善だときちがいのようにいい張ることだ」

（岩波文庫、吉村正一郎訳、九七－九八頁）

カンディードが師とたのむ哲学教師パングロスの教え、「世の中のすべては最善である」という楽天主義は、十七世紀ドイツの大哲学者ライプニッツの思想の系譜に連なるものだとされています。これを純粋に信じきっていたカンディードは波瀾万丈の旅を通じて、楽天主義説があてはまらないことの多さにいやでも気づかざるをえないのですが、この奴隷のエピソードは、まさに彼の信奉していた楽天主義を裏切る最たるもののひとつとして扱われているのです。

ガリマール版の編者であるマルティーヌ・リード氏は、当時の奴隷制度廃止論者としてヴォルテール以外にも、モンテスキュー、コンドルセ、ミラボー、さらにはブリッソン、レナル、グレゴワール神父らの名前を挙げています。ブリッソンは文筆家であり、フランス革命期の政治家で、一七八四年に奴隷制度に反対する過激な論文を発表した人物であり、レナルも『両インド史』など、歴史、哲学に関する多数の著作がありますが、一七八五年には、『サン＝ドマングの行政に関する試論』を刊行しています。またカトリックの司教であるクレゴワール神父は、革命時には政治家としての活動もおこない、奴隷制度の廃止を主張する「黒人友の会」の会長を務めた人物です。一七九一年には「サン＝ドマング、その他のアメリカ、フランス領諸島の有色・黒人の自由市民への手紙」によって、有色人種の公民権を要請したことでも知られています。

話はやや逸れますが、マルティーヌ・リード氏の解説の中で、奴隷制度廃止の論を唱えている啓蒙思想家たちの中にルソーの名前が挙がっていないことがすこし気になります。『新エロイーズ』の中で、かつての恋人サン＝ブルーからジュリに送られた、世界一周からの帰還を知らせ、航海の概略を報じる手紙が有名ですが、その記述は、南米、中国に続けて、アフリカにも及んでいます。オランダ人によるケープ植民地に触れたその手紙は、このように綴られています。

あの欲深く、忍耐強く、勤勉な国民の努力によって、ヨーロッパがアフリカの端に移されているのを見ました。彼らは他の諸国民の雄々しさをもってしても克服できなかった困難に、粘り強く時間をかけて打ち勝ったのです。私は奴隷の群でもって地上を覆うようにのみ運命づけられているかに見える、あの広大で不幸な国々を見ました。それらの国々の卑しい様相を見て、私は侮蔑と嫌悪と憐れみをおぼえて眼をそらせました。そして同じ人類の第四の部分が他に奉仕するための獣と化しているのを見て、人間であることを嘆きました。

(『ルソー全集』第十巻、松本勤・戸部松美訳、白水社、一九八一年、三三二頁)

サン゠ブルーの旅行記はリチャード・ワルターが編み、一七四五年にロンドンで出版され、その五年後に仏語訳も出されて評判となった『アンソン提督航海記』に基づいて書かれたものだと言われていますので、ここに記されているのはルソーのオリジナルのアイデアではないとしても、奴隷制度に対して、これをきわめてネガティヴに捉えているというルソーのスタンスが、ここではは っきりと読み取れます。

この点に関しては、永見文雄氏が、そのタイトルもずばり、『ルソーは植民地の現実を知っていたのか』(人文研ブックレット、中央大学人文科学研究所、二〇一八年)という論考で、この書簡も含めたルソーの複数の作品を取り上げて詳細な検証をおこなっています。「ルソーはヨーロッパ人による新大陸の搾取と収奪をまったく知らなかったわけではない」が、「未開社会の植民地化の現実を主題的に取り上げ、これを批判的に捉え返した人で」ではない。つまり「奴隷制を論じはしましたが、現実の植民地の奴隷貿易と黒人奴隷の問題を具体的に取り上げたわけではありませんでした」と結論づけた上で、「一七五〇年以降の著作の随所に、ルソーが植民地の存在を意識していた痕跡を確認することができる」と結ばれています。

マルティーヌ・リード氏が挙げている、当時の積極的な奴隷制度廃止論者たちの名前とは別に、ネッケル嬢の奴隷制度にたいする考え方に影響を与えたひとりとして、彼女にとって特別の存在であったルソーの名前も付け加えておいてもよいのではないかと思います。サン＝ブルーの手紙が、すくなくとも、若い令嬢がその頭に大きな世界地図を描き、遠い海の向こうの世界に思いをはせるためのひとつの手掛かりになっていたことは、想像に難くありません。

オランプ・ド・グージュ、もうひとりのミルザ

奴隷問題について、もうひとり触れておきたい人物がオランプ・ド・グージュ（一七四八－九三）です。大革命のさなかの一七八九年八月二十六日に採択された「人間と市民の権利宣言」（いわゆる「人権宣言」Déclaration des droits de l'homme et du citoyen du 26 août）にたいして、「人間」を意味する名詞hommeには「男」の意味もあり、社会状態における人間＝「市民」を意味するcitoyenという名詞も男性形で用いられていることから、宣言の対象は男性に限られ、「人権宣言」は「男権宣言」であると批

判し、一七九一年に、これを模したDéclaration des droits de la femme et et de la citoyenne（「女性と女性市民の権利宣言」）、つまり「女権宣言」を公表したことで知られる女性です。実際、万人の自由と権利を謳った画期的なはずの「人権宣言」も、女性だけではなく、子供、ユダヤ人や黒人、そして、当然のことながら奴隷を視野に入れたものではなく、普遍性を欠いたものであったことは否めません。オランプ・ド・グージュが女性に限らず普遍的人権を主張する立場であったと考えれば、その問題意識が奴隷制度に向けられ、それを強く批判するようになったのはごく自然なことだったと思われます。

文筆家であると同時に劇作家でもあったオランプ・ド・グージュは、植民地における奴隷制度を主題にした『ザモールとミルザ、あるいは幸運な難破』という戯曲を完成させ、一七八八年には戯曲の刊行もおこなっています。『ザモールとミルザ』については、大原孝英氏の「二一世紀に読むオランプ・ド・グージュ『黒人奴隷制』」、高瀬智子氏の「革命の舞台を駆け抜けたオランプ・ド・グージュ」（いずれも「シモーヌ（Les Simones）」VOL.3、シモーヌ編集部編、二〇二〇年）に多くを学ぶことができましたが、様々な事情により作品の改変を余儀なくされ、度重なる上演妨害を受けるなど、紆余曲折を経た末にこの作品の最初の上演が実現したのは一七八九年のことでした。そして、そのわずか四年後には、スタール夫人の『断片集』も、つまりは「ミルザ」も目にすることなく、オランプ・ド・グージュは「反革命」の疑いをかけられて処刑されてしまいます。

ミルザという、主人公ザモールの恋人である黒人女性の名前が、スタール夫人の作品の主人公のそれとまったく同じであることをどのように解釈すべきなのか、じつに悩ましいところですが、マルティーヌ・リード氏は、『三つの物語』の執筆年は、刊行の年をさらに十年近くさかのぼった一七八六年以前であるということから、スタール夫人がオランプ・ド・グージュの作品からその名前を借用したのではないだろうと推定しています。

一八二三年に刊行されたデュラス夫人の『ウーリカ　ある黒人娘の恋』(湯原かの子訳、水声社、二〇一四年)のウーリカの名前がスタール夫人の「ミルザ」に登場するもうひとりの黒人女性、キシメオの妻の名前と重なっているという事実もあります。これらの作品が互いに影響を与えあったという具体的な事実が見つかれば、たいへん面白いのですが……。あくまでも推測ですが、奴隷制度に関する議論が積極的に交わされていた時代でもあり、航海記、旅行記の類も広く読まれていたと思われますので、現地の事情に通じただれかの口伝えなどを通じて、ミルザやウーリカという固有名詞が、アフリカの黒人女性を象徴する存在として、半ば一般名詞化して広がっていたのかもしれません。

一七九四年の奴隷制廃止

きわめて知的好奇心の旺盛な十代の若い感性が、時代を代表するこういった知識人や先鋭的な論客たちが主張する奴隷制度廃止論にごく自然に触れて、刺激を受け、その主張に共感していたことは想像に難くありません。中でも、マルティーヌ・リード氏がこれらの論客と並べて、ネッケル嬢が深く敬愛する父であるジャック・ネッケルの名を挙げている点は見逃してはならないでしょう。立場上、東インド会社にもかかわることのあったジャック・ネッケルですが、人道的な立場から、奴隷制度に反対する立場であったと言われています。

そして、看過できないのが、「ミルザ」をはじめとした三つの中編小説が『断片集』に収められ、刊行されたその前年の一七九四年というのが、フランスの奴隷制度が大きな転換点を迎える重要な節目であったことです。

フランスが最終的に奴隷制度廃止に至るまでにどのような経過をたどったかを、様々な絵画表象とともに丹念に追った浜忠雄氏の論文、「フランスにおける「フランス奴隷制廃止」の表象」(北海学園大学人文論集66、二〇一九年)は、まさに一七九四年二月にフランス革命の国民議会が議決した宣言文から始まっています。浜氏が『資料革命史』(河野健二編、岩波書店、一九八九年)から引用しているその宣言は以下の通りです。

国民公会はすべての植民地における黒人奴隷制が廃止されることを宣言する。従って国民公会は、植民地に居住する人はすべて、肌の色の区別なしにフランスの市民であり、憲法が保障するすべての権利を享受するものであることを宣言する。
国民公会は、本法令の施行のために講じられるべき措置について、たえず公会に報告をなすよう、これを公安委員会に委託する。

『断片集』が刊行された一七九五年は、奴隷制度廃止論が歴史上はじめて政治的に勝利をおさめた翌年ですから、当然、それまでも様々な識者や言論人にとっては重要な課題であったはずですが、ここにきて、奴隷制度廃止論はそれまでとはフェーズを異にする、まさに時宜を得たタイムリーな話題となったはずです。

「ミルザ」を執筆していたのは二十歳を迎える前で、非人道的な奴隷問題や三角貿易に問題意識を抱く周囲の知識人たちの知的な洗礼を早くから受けていたジェルメーヌ嬢にとっては、黒人奴隷貿易や三角貿易が非道であるという認識は、わざわざそれを声高に糾弾する必要のある対象ですらなく、至極当然の理念として自然に共有されていた可能性があります。「ミルザ」は、他の二篇とともに、書き手自身にとっては奴隷制度を批判するプロパガンダなどではまったくなく、むしろ、愛と死という高揚した感性の結晶の物語として認識されていたのかもしれないと考えると、『三つの物語』が十年近くもの間、結果として一度も日の目を見ることなく、そのまま温存されていた、あるいは、言葉は悪いですが、ほったらかしにされていたことも、なんとなく合点がゆきます。

「ミルザ」の、あるいは「ミルザ」に当然のように織り込まれていた黒人奴隷制度の非人道性にたいする批判的な視点は、国民公会による一七九四年の奴隷制度廃止の宣言によってはじめて、あるいはあらためて、明確に意識化されたのかもしれません。スタール夫人にとっては、この作品を世に問う、まさに願ってもない、絶好の時が訪れたことになります。そして、「ミルザ」だけではなく、物語の舞台となっているセネガル、アンティル諸島、ル・アーヴルという三つの土地名から、世界地図の上に三角貿易の拠点をくっきりと浮かび上がらせることのできる『三つの物語』は、まさにこの時点で、世に出されるべくして送り出されたものであった……そのように考えれば、書き手である本人が、「小説の名には値しない」、「シチュエーションが示されているだけで、展開されてはいない」と、その未熟さをあえて認めている物語が、長い時を経たのちに、なんの手も加えられることなく、急いで刊行されることになったことも納得がゆくのではないでしょうか。

もちろん、これは推察の域を出るものではありませんが、いずれにしても、奴隷制度廃止の決議がおこなわれた翌年に、「若書き」の中編小説を、手直しする手間も惜しむかのように、間を置かずに『断片集』におさめ、その刊行を実行したスタール夫人の時代を読む嗅覚の鋭さには舌を巻くほかありません。

後年、作家の道を歩みだしたのは、自分の意志によるのではなく、「偶然によって」であったと述懐するスタール夫人ですが、当時の知識人たちの中にあって格別なものであった自身の存在が、

『ルソー論』を一部の閉じられた世界から、より広い世界へ送り出す最大の追い風になっていたことをじゅうぶんに承知した上で、それを「偶然によって」とあっさり表現できるスタール夫人の良い意味でのしたたかさを、ここでも感じてしまいます。

奴隷廃止とネッケル一家

しかし、一七九四年に実現したフランスの奴隷制度廃止は、そのわずか七年後に、ナポレオンによって、いともあっさり覆されてしまいます。

その結果、フランスにおいて奴隷制度が完全な廃止を見るのには、一八四八年を待たなくてはなりません。ナポレオンと政治的に対峙し、長年にわたってフランスの地を踏むことすら禁じられたスタール夫人は、スイスのコペを拠点にして政治的な言論活動を旺盛に展開し、著作活動を積極的に繰り広げますが、そんな彼女が二十歳にもならない頃に書き上げた作品の中に、当たり前の事象として、あるいは、当然の理念として、すでに織り込まれていた黒人奴隷制度や三角貿易にたいする認識と批判的な視点は、一七九四年のフランスの第一次の奴隷制度廃止の決議と強く共鳴していたはずです。それなのに、それをあっさり反故にしたのが、スタール夫人にとって宿敵ともいえるナポレオンその人であったという、その因縁の深さには強い衝撃を覚えずにはいられません。

フランス国立図書館が配信しているLe Blog Gallica上で読むことのできる、二〇二〇年六月九日付のステファニー・トネール＝セイシェル氏の論考、« La Société de la Morale Chrétienne et la traite négrière »（「キリスト教道徳協会と違法な奴隷売買」）は、ナポレオンが復活させた奴隷貿易を廃止するためにキリスト教道徳協会のおこなった数々の活動を挙げた上で、この団体のメンバーの複数が、スイスでスタール夫人を取り巻き、リベラルな思想を育んでいった「コペ・グループ」の出身である点を指摘しています。

具体的に名前が挙がっているのが、経済学者のシスモンディ（一七七六－一八四二）、バンジャマン・コンスタン、そして七月王政の評議会議長も務めたヴィクトール・ブロジール（一七八五－一八七〇）ですが、ヴィクトール・ブロジールはスタール夫人の娘アルベルチーヌの夫であった人物です。さらに、黒人奴隷売買廃止の動きを推し進めた中心人物として、スタール夫人の息子、オーギュスト＝ルイ・スタール＝ホルスタイン（一七八九－一八二七）にも触れ、「一七八九年五月に全国三部会の開会に際して祖父のジャック・ネッケルが示した自由な精神を引き継ぎ」、「『ミルザ、あるいはある旅行者の手紙』において奴隷貿易を告発した母」や、その母が序文のフランス語訳を担ったウイリアム・ウィルバーフォース（一七三二－一八〇四）といった、母の縁でつながったイギリスの奴隷廃止論者たちを範として実現させたその偉大な功績にも光を当てています。

波乱に満ちたスタール夫人の人生の、そのほんのはじまりに書かれた『三つの物語』は、たしかに、取るに足りない、未熟で稚拙な作品かもしれませんが、それが奴隷廃止の動きに合わせるかのように世に出され、ナポレオン執政とその後の時代の波にのまれながら、次の世代に確実に引き継がれ、本格的な奴隷廃止につながっていったことには、ある種の感動を覚えずにはいられません。

おわりに

スタール夫人についての専門家ではない人間が、その作品について「解題」を書くというのは無謀きわまりないことだとは、じゅうぶん承知しています。また、スタール夫人についての専門書は数多くあっても、『三つの物語』そのものについて直接言及されたものは、ほとんど見つけることができません。いっぽう、この作品の執筆時期に限ってみても、革命期のフランスの政治の中枢に身を置いた父親、サロン文化の中心にいた母親、それぞれに特別な存在であった両親を持ち、啓蒙時代を代表する知識人や思想家その人、あるいはその著作に囲まれて育ったネッケル嬢という、あらゆる意味で特権的な存在については、語るべき多くの要素がありすぎて、この作品にはどのように取り組むべきなのかよくわからない状態が続いていました。さらに、その後のスタール夫人の、眩暈を覚えるほどの波瀾に富んだ人生や著作活動に『三つの物語』がどのように結びつくのか、道筋が全く見えないようにも思えました。

けれども、先人による作品解説に頼ることなく、素のままの状態で、『三つの物語』にじかに向き合うことができたのは、結果として、たいへん貴重な経験であったと思います。

この作品の価値がどこにあるのかを、訳者として問い続けましたが、「ミルザ」の設定に見られる、奴隷制度や三角貿易に関する作者の問題意識を別にすれば、激動の時代とは無縁の、恋する人物たちの悲痛な叫びや、彷徨する魂が前面に押し出された感のある物語を自分なりに読み解くための、これといった明確な答えが見つからず、けっきょくのところ、『デルフィーヌ』、『コリンヌ』という、スタール夫人の代表作である二篇の小説の原型が二十歳に満たない年齢で書き上げた『三つの物語』の中に、すでにほぼ完成していたことを確認したうえで、俗に言われるように、「処女作には作家のすべてがある」という言葉に落とし込むしかないのかと、半ば袋小路に迷い込んだような気持になっていました。

文学作品は、あらゆる文脈から切り離したそれ自体の魅力を有するものであると同時に、それが書かれた時、それが世に出された時、そして、さらにそれが読者によって読まれる時など、それぞれ異なった意味を持ちうるものであるというのは、あまりに当たり前すぎることなのですが、この作品が刊行された一七九五年が、フランスにおける最初の奴隷制度廃止の翌年であるという点に思いが至ったときに、それまでもやもやしていたものが一気に腑に落ちたような気がして、『三つの物語』がそれまで自分の目に映っていたものとは異なった色を帯びたものに思えてきました。

あくまでも個人の想像の域を出ないものですが、長い間公にしてこなかったものが、十年もの時を得て、にわかに特別な意味を帯びる作品であることをおそらくスタール夫人自身が自覚したであろう、そのことにまさに響きあうように、この作品の持つ意味のひとつが理解できたように思います。ネッケル嬢によって書き上げられた時点から、ずっと眠っていた物語が、時代の大きな流れの中で目を覚まし、その覚醒の瞬間を逃すことなくとらえて、みずからの「若書き」の作品を世に出すという行為そのものによって、『三つの物語』という作品は、時代を先導するダイナミックな「スタール夫人」その人と結びつき、新たな読みの可能性を帯びはじめたと言えるでしょう。最初に触れましたが、工藤庸子氏のスタール夫人論の表紙に掲げられた、豊満で、たおやかな、若々しい肖像画のスタール夫人の怜悧《れいり》な視線を、すこしは受け止めることができたのではないかと思います。

最初に述べた通り、スタール夫人を文学史の中で受け継がれてきた「フランスにおけるロマン主義」の創始者、提唱者という枠組みの中でとらえるのではなく、その実像を、思想的・政治的・社会的・歴史的な、様々な文脈の中で見直す新しい動きはすでに始まっています。この『三つの物語』が、読み手によって、また何か新しい意味を見出してもらえることを願っています。

最後になりますが、本書の翻訳を勧めてくださった工藤庸子先生に心より篤く御礼申し上げます。最初は作品の翻訳だけのつもりでお引き受けしたのですが、専門外にもかかわらず解題の執筆までお任せいただき、たいへん貴重な勉強の機会を与えていただきました。本書が先生のご期待を裏切らないものであることを願うばかりです。

また、遅々として進まない仕事を忍耐強く見守りながら、本書の完成まで導いてくださった幻戯書房の中村健太郎氏に、この場を借りて深く感謝申し上げます。

二〇二二年五月、自由と平和への願いをこめて

石井啓子

［著者略歴］

スタール夫人〔Madame de Staël 1766–1817〕

ジャック・ネッケルの娘として、一七六六年パリに生まれる。母シュザンヌの開くパリのサロンで著名な哲学者や文学者と交流、幼くして才気煥発ぶりを発揮。二十歳でパリ在住のスウェーデン大使と結婚、スタール夫人(Madame de Staël)となる。政治的色彩の濃いサロンを主催し、フランス革命を発端に、ヨーロッパに新たな秩序が築かれようとする激動の時代に翻弄されながらも、旺盛な言論・著作活動をおこなった。主著に、『文学論』、『ドイツ論』、小説『デルフィーヌ』、『コリンヌ』がある。

［訳者略歴］

石井啓子〔いしい・けいこ〕

一九五五年、兵庫県生まれ。フランス文学者・翻訳家。訳書に、シャルル・ソルリエ『わが師シャガール』、アンリ＝フレデリック・ブラン『エレベーター』、『眠りの帝国』(以上、新潮社)、エミール・ゾラ『愛の一ページ』、ジョルジュ・サンド『黒い町』(以上、藤原書店)、ヴァレリー・ラルボー『恋人たち、幸せな恋人たち』(筑摩書房)、アラン・コルバン『人喰いの村』(共訳、藤原書店)、アベ・プレヴォー『マノン』(共訳、新書館)がある。

〈ルリユール叢書〉

三《みっ》つの物《もの》語《がたり》

二〇二二年九月六日　第一刷発行

著者　スタール夫人

訳者　石井啓子

発行者　田尻　勉

発行所　幻戯書房

郵便番号一〇一－〇〇五二

東京都千代田区神田小川町三－十二　岩崎ビル二階

電話　〇三(五二八三)三九三四

FAX　〇三(五二八三)三九三五

URL　http://www.genki-shobou.co.jp/

印刷・製本　中央精版印刷

ISBN978-4-86488-253-8 C0397

〈ルリユール叢書〉発刊の言

厖大な情報が、目にもとまらぬ速さで時々刻々と世界中を駆けめぐる今日、かえって〈遅い文化〉の意義が目に入りやすくなってきました。例えば、読書はその最たるものです。それというのも読書とは、それぞれの人が自分のリズムで本を読み、日々の生活や仕事、世界が変化する速さとは異なる時間を味わう営みでもあります。人間に深く根ざした文化と言えましょう。

本はまた、ページを開かないときでも、そこにあって固有の時間を生みだすものです。試しに時代や言語など、出自を異にする本が棚に並ぶのを眺めてみましょう。ときには数冊の本のなかに、数百年、あるいは千年といった時間の幅が見いだされるかもしれません。そうした本の背や表紙を目にすることから、すでに読書は始まっています。

気になった本を手にとり、一冊また一冊と読んでいくと、目には見えない書物同士の結び目として「古典」と呼ばれる作品があることに気づきます。先人の知を尊重し、これを古典として保存、継承していくなかで書物の世界は築かれているのです。かつて盛んに翻訳刊行された「世界文学全集」も、各国文学の古典を次代の読者へと手渡し、共有する試みでした。

古今東西の古典文学は、書物という形をまとって、時代や言語を越えて移動します。〈ルリユール叢書〉は、どこかの書棚でよき隣人として一所に集う――私たち人間が希望しながらも容易に実現しえない、異文化・異言語・異人同士が寛容と友愛で結びあうユートピアのような――〈文芸の共和国〉を目指します。

また、それぞれの読者にとって古典もいろいろです。私たちは、そのつど本を読みながら、時間をかけた読書の積み重ねのなかで、自分だけの古典を発見していくのです。〈ルリユール叢書〉は、新たな古典のかたちをみなさんとともに探り、育んでいく試みとして出発します。

Reliure〈ルリユール〉は「製本、装丁」を意味する言葉です。
ルリユール叢書は、全集として閉じることのない
世界文学叢書を目指し、多種多様な作品を綴じながら、
文学の精神を紐解いていきます。
一冊一冊を読むことで、読者みずからが〈世界文学〉を
作り上げていくことを願って——

［**本叢書の特色**］

❖名作の古典新訳から異端の知られざる未発表・未邦訳まで、世界各国の小説・詩・戯曲・エッセイ・伝記・評論などジャンルを問わず紹介していきます（刊行ラインナップをご覧ください）。

❖巻末には、外国文学者ならではの精緻、詳細な作家・作品分析がなされた「訳者解題」と、世界文学史・文化史が見えてくる「作家年譜」が付きます。

❖カバー・帯・表紙の三つが多色多彩に織りなされた、ユニークな装幀。

〈ルリユール叢書〉[既刊ラインナップ]

アベル・サンチェス	ミゲル・デ・ウナムーノ[富田広樹＝訳]
フェリシア、私の愚行録	ネルシア[福井寧＝訳]
マクティーグ　サンフランシスコの物語	フランク・ノリス[高野 泰志 訳]
呪われた詩人たち	ポール・ヴェルレーヌ[倉方健作＝訳]
アムール・ジョーヌ	トリスタン・コルビエール[小澤真＝訳]
ドクター・マリゴールド　朗読小説傑作選	チャールズ・ディケンズ[井原慶一郎＝編訳]
従弟クリスティアンの家で　他五篇	テーオドール・シュトルム[岡本雅克＝訳]
独裁者ティラノ・バンデラス　灼熱の地の小説	バリェ＝インクラン[大楠栄三＝訳]
アルフィエーリ悲劇選　フィリッポ　サウル	ヴィットーリオ・アルフィエーリ[菅野類＝訳]
断想集	ジャコモ・レオパルディ[國司航佑＝訳]
颱風[タイフーン]	レンジェル・メニヘールト[小谷野敦＝訳]
子供時代	ナタリー・サロート[湯原かの子＝訳]
聖伝	シュテファン・ツヴァイク[宇和川雄・籠碧＝訳]
ボスの影	マルティン・ルイス・グスマン[寺尾隆吉＝訳]
山の花環 小宇宙の光	ペタル二世ペトロビッチ＝ニェゴシュ[田中一生・山崎洋＝訳]
イェレナ、いない女　他十三篇	イボ・アンドリッチ[田中一生・山崎洋・山崎佳代子＝訳]
フラッシュ　ある犬の伝記	ヴァージニア・ウルフ[岩崎雅之＝訳]
仮面の陰に　あるいは女性の力	ルイザ・メイ・オルコット[大串尚代＝訳]
ミルドレッド・ピアース　未必の故意	ジェイムズ・M・ケイン[吉田恭子＝訳]
ニルス・リューネ	イェンス・ピータ・ヤコブセン[奥山裕介＝訳]
ヘンリヒ・シュティリング自伝　真実の物語	ユング＝シュティリング[牧原豊樹＝訳]
過去への旅　チェス奇譚	シュテファン・ツヴァイク[宇和川雄・籠碧＝訳]
魂の不滅なる白い砂漠　詩と詩論	ピエール・ルヴェルディ[平林通洋・山口孝行＝訳]

部屋をめぐる旅 他二篇	グザヴィエ・ド・メーストル[加藤一輝＝訳]
修繕屋マルゴ 他二篇	フジュレ・ド・モンブロン[福井寧＝訳]
シラー戯曲傑作選 ヴィルヘルム・テル	フリードリヒ・シラー[本田博之＝訳]
復讐の女／招かれた女たち	シルビナ・オカンポ[寺尾隆吉＝訳]
ルツィンデ 他三篇	フリードリヒ・シュレーゲル[武田利勝＝訳]
放浪者 あるいは海賊ペロル	ジョウゼフ・コンラッド[山本薫＝訳]
運河の家　人殺し	ジョルジュ・シムノン[森井良＝訳／瀬名秀明＝解説]
魔法の指輪 ある騎士物語[上・下]	ド・ラ・モット・フケー[池中愛海・鈴木優・和泉雅人＝訳]
詩人の訪れ 他三篇	C・F・ラミュ[笠間直穂子＝訳]
みつばちの平和 他一篇	アリス・リヴァ[正田靖子＝訳]
三つの物語	スタール夫人[石井啓子＝訳]

[以下、続刊予定]

ストロング・ポイズン	ドロシー・L・セイヤーズ[大西寿明＝訳]
ピェール 黙示録よりも深く[上・下]	ハーマン・メルヴィル[牧野有通＝訳]
ジョン・マー、ティモレオン メルヴィル晩年詩集・講演集	H・メルヴィル[大島由起子＝訳]
恋の霊	トマス・ハーディ[南協子＝訳]
モン＝オリオル	ギ・ド・モーパッサン[渡辺響子＝訳]
昼と夜　絶対の愛	アルフレッド・ジャリ[佐原怜＝訳]
乾杯、神さま	エレナ・ポニアトウスカ[鋤柄史子＝訳]
聖ヒエロニュムスの加護のもとに	ヴァレリー・ラルボー[西村靖敬＝訳]
不安な墓場	シリル・コナリー[南佳介＝訳]
笑う男[上・下]	ヴィクトル・ユゴー[中野芳彦＝訳]
撮影技師セラフィーノ・グッビオの手記	ルイジ・ピランデッロ[菊池正和＝訳]
シラー戯曲傑作選 メアリー・ステュアート	フリードリヒ・シラー[津﨑正行＝訳]

＊順不同、タイトルは仮題、巻数は暫定です。＊この他多数の続刊を予定しています。